닐스 비크의 마지막 하루

DEN DAGEN NILS VIK DØDE by Frode Grytten

© Frode Grytten
First published by Forlaget Oktober, 2023
Korean Translation © 2025 Dasan Books
All rights reserved.
The Korean language edition published by arrangement with Oslo Literary Agency through
MOMO Agency, Seoul.

Den dagen Nils Vik døde

닐스 비크의 마지막 하루

FRODE
GRYTTEN

프로데 그뤼텐 장편소설

손화수 옮김

일러두기

· 이 책은 국립국어원의 맞춤법 규정을 따랐으나 일부 어색할 수 있는 단어나 표현들은
익숙한 발음으로 표기하였습니다.

차례

새벽 5시 15분, 닐스 비크는 눈을 떴고 그의 삶에 있어 마지막 날이 시작되었다. 평소 그는 침대에 누운 채 꿈과 생시의 중간쯤 되는 곳에 한동안 머물다가 다시 잠에 빠지곤 했다. 하지만 오늘은 아니었다. 그는 고개를 돌려 방 안을 찬찬히 둘러보았다. 알람 시계, 열린 창틈으로 스며들어 오는 추위. 적어도 오늘은 베개에서 핏자국을 찾아볼 수 없었다. 그는 무슨 꿈을 꾸었던가? 머리카락을 스치던 손, 뺨을 어루만지던 손가락, 어둠 속에서 그의 귓전에 찾아들던 목소리를 꾸었다. *나는 여기 아래에서 당신을 기다리고 있어요.*

그는 차가운 바닥에 발을 딛고 욕실로 가서 잠옷 바지를 내린 다음 간밤에 쌓였던 오줌의 무게를 털어냈다. 오줌이 긴 한숨처럼 변기에 쏟아졌다. 그는 해야 하는 일을 하기 시작했다. 그는 여전히 아침의 의식을 효과적인 움직임으로 해낼 수 있었다. 자리에서 일어나 옷을 찾아 입고, 커피를 끓이고, 아침 식사를 마련하고, 궂은 날씨에도 아랑곳하지 않고 배를 탈 것이었다. 이 움직임들은 긴 여생을 통해 기계적으로 몸에 밴 습관과도 같았다.

그는 샤워를 하며 종잇장처럼 하얀 피부 위로 쏟아져 내리는 물줄기를 보았다. 세면대 앞으로 다가가 뺨과 턱, 목과 울대뼈 위로 면도날을 움직였다. 그의 오른손이 살짝 떨렸기에 조심해야만 했다. 입술 위에 반창고를 붙이거나 턱에 피 묻은 종잇조각을 댄 채 피오르를 건너고 싶진 않았던 것이다. 또 뭐가 더 있을까? 이빨? 손? 포마드? 그는 애프터셰이브를 생략할까 고민했다. 하지만 이런 날이라고 해서 전날이나 그 전날, 또는 그 이전의 날들과 달라야 할 이유는 없었다.

거울 속의 남자. 크지도 작지도 않은 키에 건장한 몸집의 남자. 한때는 짙은 색이었던 그의 머리카락이 이제는 희끗희끗하게 변해버렸다. 거친 피부와 주름진 얼굴, 벗겨진 이마, 작은 눈, 손질이 필요한 눈썹. 중력의 영향을 받지 않은 곳은 거의 없었다. 그는 자신의 신체 부위 중에서 예전의 모습을 그대로 유지하고 있는 것은 오직 발뿐이라 말하곤 했다. 그는 시선을 고정했다. 거울 속의 남자도 시선을 고정한 채 팔을 내리고 미소를 지으려 노력했다. 그는 자신의 주변에서 무슨 일이 일어나고 있는지 모두 다 알고 싶어 하는 남자였다. 날씨. 바람. 시간. 하지만 이제 그는 자신이 어디로 가고 있는지도 모르는 한 남자를 바라보고 있었다.

허공을 가르는 사람들의 목소리가 재촉하듯 2층까지 몰려들었다. 아래층으로 내려간 닐스는 부엌에 놓인 의자 하나를 보았다. 의자의 쿠션에는 이전에 본 기억이 없는 움푹 팬 자국이 있었다. 마치 간밤에 누가 집 안에 몰래 들어와 그를 기다리며 앉아 있었던 것 같았다. 아니, 어쩌면 그 의자는 항상 그대로인지도 모른다. 윙윙거리는 소리가 나는 냉장고, 싱크대에 쌓인 더러운 접시들처럼.

말소리는 집 안 어딘가에서 계속 들려왔다. 닐스는 소

리 나는 쪽으로 몸을 돌렸다. 트랜지스터라디오가 복도에 나와 있었다. 그가 어젯밤 늦게 라디오를 켜둔 채 침실로 갔던 것이 분명했다. 그는 라디오를 부엌으로 가져갔다. 오늘이 무슨 요일이었지? 비 내리는 고요한 11월의 어느 날. 라디오에서 들려오는 목소리는 오후가 되면 날이 갤 것이고, 심지어는 햇살을 볼 수 있을지도 모른다고 했다. 사슴 한 마리가 피오르 해안을 따라 과속으로 달리던 차에 치였다. 실종된 소년은 경찰에 의해 시내에서 발견되었다. 배에 화재가 발생했다.

닐스는 커피를 만들어 잔에 따르고 설탕 조각 두 개를 넣어 저었다. 여전히 잠을 완전히 떨쳐내지 못한 그는 빵에 시럽을 바른 후에도 가만히 앉아 빵을 바라보기만 했다. 소화기관이 잘 작동하지 않으니 음식을 즐기기도 쉽지 않았을 뿐 아니라 매번 식사 시간도 길어졌다. 그는 거실 안쪽을 바라보며 천천히 빵 조각을 씹었고 커피의 도움으로 간신히 삼켰다. 어둡고 묵직한 낡은 가구들은 마치 영원히 그 자리에 머물 것처럼 보였다. 이 집에는 삼대의 사람들이 날갯짓하는 날벌레처럼 거쳐 갔고, 각각의 층은 생기와 기쁨의 소리로 가득 차곤 했다.

세례식과 성인식, 결혼식을 비롯해 이 마지막 날 이전의 많은 날들이 여전히 벽과 장식장 위의 액자 속에 담겨 있었다. 그는 이 집에서 평생을 살아왔다. 처음에는 어머니와 아버지, 형제와 함께 살았으며, 시간이 흐른 뒤에는 아내와 두 딸과 함께 살았다. 그는 자신이 떠난 뒤 이 집에 무슨 일이 생길지 알지 못했다. 지난여름 그는 부엌 식탁에 두 딸, 엘리와 구로와 함께 앉아 누가 무엇을 가질지 서로 합의해야 한다고 말했다. 그는 자신이 세상을 떠난 후 이 집을 두고 갈등이 생기는 것을 원치 않았다. 그는 너무나 많은 형제자매들이 부모의 장례식에서 마지막으로 대화하는 것을 봐왔다. 두 딸은 그의 말을 웃음으로 받아넘기며 농담으로 치부했지만, 결국 이 집을 두고 절대 다투지 않겠다고 그에게 약속했다.

닐스는 몸을 돌려 손을 뻗은 다음 서랍을 열고 펜과 엽서를 꺼냈다. 여름날의 피오르를 주제로 한 엽서에는 환한 햇살과 산 위의 하얀 구름이 그려져 있었다. 그는 떨리는 손으로 하늘을 가로질러 짤막한 안부 인사를 적은 후

엽서를 커피잔 옆에 놓았다. 두 딸이 이 엽서를 발견한다면 무슨 생각을 할까? 미소를 지을까? 눈물을 흘릴까? *나는 이 집을 떠났고 다시는 돌아오지 않을 것이다. 항상 서로 위하며 살아가기 바란다. 아버지로부터.*

그는 6시 30분 뉴스를 듣고 자리에서 일어나 잘 먹었다고 말했다. 그는 아내가 세상을 떠난 후에도 식사 때마다 꼬박꼬박 감사의 말을 해왔다. 잘 먹었어요, 마르타. 그는 한때 그녀의 것이었던 식탁 의자를 지그시 바라보았다. 그녀는 식사가 끝나면 항상 식탁 위로 몸을 기울인 채 손을 뻗어 그의 손등을 쓰다듬으며 "천만에요"라고 말하곤 했다.

그는 신문을 가져오기 위해 밖으로 나갔다. 그의 마지막 신문. 신문은 비를 맞아 흠뻑 젖어 있었다. 신문의 1면에는 이렇게 적혀 있었다. *깊은 구덩이에서 한 시간 만에 구출되다.* 그 밑에는 *꿈의 데뷔*라는 제목과 함께 한 축구 선수의 사진이 실려 있었다. 자리에 앉아 신문을 읽어야 할까? 아니, 이 마지막 신문은 읽지 않은 채로 두는 편이 더 좋을 것이다. 그는 지하실로 내려가 쌓여 있던 신문지 더미 위에 오늘의 신문을 내려놓았다. 그렇다, 일은 그렇게 해야 하는 것이다. 그와 함께 지하실에 내려갔던 사람들은 산더미처럼 쌓여 있는 신문지 더미를 보고 하나같이 놀라곤 했다. 그 모든 날들, 그 모든 세월, 그 잃어버린 모든 시간들이 그가 이 일을 시작했던 날부터 거기에 차곡차곡 쌓여 있었다. 그는 한때 피오르 주변 지역에 사는 사람들에게 신문을 배달했다. 그는 사람들에게 전쟁, 화재, 살인, 일기예보, 선거 결과, 축구 경기 결과, 자동차와 양복 그리고 텔레비전 세일에 관한 소식을 전했다.

마르타는 과거로 지하실을 가득 채울 수는 없다고 말했다.

왜 안 되나요?

당연히 안 되죠. 게다가 화재의 위험성도 있어요.

마르타는 세상이 다 그런 거라고 말했다.

그녀는 언성을 높이진 않았지만, 닐스는 그녀가 의자와 카펫, 그리고 테이블 위에 중구난방 어질러져 있는 신문들이 지하실로 옮겨 가 자리 잡기 전에 없애고 싶어 한다는 것을 깨달았다. 그녀는 식탁보와 옷에 신문의 인쇄 잉크가 묻어나는 것을 좋아하지 않았다. 그녀는 심지어 거실 벽지조차도 갓 인쇄된 신문 때문에 더러워졌다고 믿었다. 닐스는 거실 벽에 세상 밖의 크고 작은 일들이 벽지 문양처럼 자리를 잡는다면 참 좋을 것이라고 대답했지만, 속으로는 벽지의 거뭇거뭇한 때가 자신의 머릿기름 때문이라고 확신했다. 그는 피오르에서 밤새 일을 하고 돌아온 날이면 특히 더 피곤해서 문 옆의 벽에 말처럼 기대어 선 채로 잠을 잔 적도 있었다. 그들은 벽지의 얼룩을 닦아내려 애썼지만, 그럴수록 얼룩은 더 번졌고 결국은 미지의 대륙 지도처럼 커졌다.

닐스는 집 안에서 해야 할 일이 더 있는지 곰곰이 생각해보았다. 그가 가져가야 할 물건은 없을까? 다시 돌아오지 않을 여정에 오르는 사람들은 무엇을 가지고 갈까? 벽장에서 오메가 시계를 꺼낸 그는 잊힌 어느 달의 19일, 10시를 조금 넘긴 시점에 시곗바늘이 멈췄다는 것을 발견했다. 그는 시계의 태엽을 감고 시곗바늘을 옮겼다. 6시

45분? 11월 8일? 9일? 아니, **11월 8일**이었지. 닐스는 그 시계를 은혼식 선물로 받았다. 그 선물을 마련하기 위해 많은 돈을 썼던 마르타는 그가 여전히 매일 낡은 시계를 사용한다며 속상해했다. 그는 유리에 흠집이 나거나 긁히는 것을 피하고 싶을 뿐이며, 자신의 직업은 그렇게 좋은 시계를 차고 다니는 일과는 거리가 멀다고 설명했다.

그는 다시 2층 침실로 올라가 침대보를 걷어내서 한쪽에 느슨하게 내려놓았다. 그런 다음 매트리스를 들어 올려 계단을 향해 굴리듯 옮기기 시작했다. 계단 아래로 매트리스를 밀어 내린 그는 신발을 신고 현관문을 연 다음 매트리스를 흙 위로 끌고 갔다. 그는 이미 성냥과 등유를 준비해 놓았다. 그는 매트리스를 집 외벽에서 멀찍이 떨어진 곳으로 끌어낸 후 불을 붙였다. 그들은 6개월마다 한 번씩 매트리스를 정원으로 가져가 묻어 있던 잠을 털어내고 낡은 섬유에 새로운 숨을 불어넣어 주었다. 매트리스를 다시 침대 위에 올려놓을 때면 항상 이전과는 반대 방향으로 뒤집어 놓았고, 그렇게 함으로써 그들은 매트리스 한 면을 6개월씩 사용할 수 있었다.

한동안 연기가 피어오른 후에 불이 붙었다. 매트리스 표면은 얼룩덜룩했다. 닐스 비크는 거뭇한 핏자국, 누릿한 소변 자국, 모유를 흘린 자국, 수십 년 동안의 정자와 땀, 각질과 비듬과 손톱, 침대 위에서 맞았던 생일날 아침에 흘렸던 잼과 커피의 흔적, 그가 잊고 있었던 희망과 기쁨이 연기 속으로 사라지는 것을 뚫어지게 바라보았다. 문득, 그는 침대 위 자신의 옆에서 S자 모양으로 웅크려 자던 그녀가 남긴 몸의 각인을 보았다고 생각했지만, 그것은 아마도 그의 상상이었을 것이다. 그 매트리스는 한 인간의 삶 전체를 이야기하고 있었다. 그는 다른 이들, 완전히 낯선 이들의 손에 자신의 과거를 맡기고 싶지 않았다. 그것은 사적인 영역의 일이기 때문이다. 대문 앞 계단에 올라선 닐스는 마당에서 불에 타들어 가는 매트리스를 돌아보았다.

7시를 조금 넘긴 시간, 닐스 비크는 마지막으로 집 안을 둘러보았다. 그의 발밑에서 마룻바닥이 삐걱거리는 소리를 냈다. 계단 난간이 그의 손에 차갑게 느껴졌다. 그는 울 스웨터를 입고 점퍼를 꺼낸 뒤 담뱃갑을 손에 들고 옷걸이에서 선장 모자를 내렸다. 그리고 주머니를 한참 뒤적여 열쇠를 찾아냈다.

그는 거실로 들어가 소파에 앉았다. 그것은 어느샌가 그의 몸에 밴 습관이 되었다. 그는 밖에 나가기 전에 잠깐 앉아 있는 것이 좋았다. 그저 가만히 앉아 있는 것. 곰곰이 이런저런 생각을 하는 것. 머리를 식히는 것. 오늘 아침의 그는 자리에 가만히 앉아 있는 것이 두렵다고 생각했다. 배에 올라탈 의욕을 잃을 것 같았기 때문이었다. 그는 떠날 준비가 되어 있었지만 여전히 더 머물고 싶었다. 그는 두근거리는 심장으로 자리에서 일어났다. 지난번 마지막으로 병원에 갔을 때, 의사는 그에게 심장에 이상이 생겼다고 말했다. 심각한 목소리로 닐스의 심장이 걱정된다고 했다. 닐스는 단 몇 분 만에 스스로도 알아낼 수 있는 사실에 의사가 많은 시간을 할애한다는 것이 참으로 웃긴다고 생각했다.

그는 잠시 대문 앞 계단 위에 가만히 서 있었다. 집 안에서 들려오는 속삭임과 한숨 소리, 나직한 목소리, 말다툼하는 소리, 고기잡이에 관한 소식을 전하는 라디오 소리, 발소리와 콧노래 소리, 변기에 물 내리는 소리를 들을 수 있을 것 같았다. 딸아이들과 카드놀이를 하는 마르타, 꾸룩꾸룩 소리를 내는 커피머신, 열리고 닫히는 문. 그는 대문을 잠그려 열쇠를 들어 올리다 말고, 라디오와 힙플라스크(휴대용 술병―역주)를 가지러 다시 집 안으로 들어갔다. 그는 방금 껐던 실외 전구의 불을 켰다. 밤에도 대문 밖이 환하도록 불을 켜두기를 원했던 사람은 마르타였다. 바로 그 덕분에 피오르에서 문제가 생겼을 때 닐스는 집으로 가는 길을 쉽게 찾을 수 있었다. 그는 이것만큼은 항상 지켜왔다. 이제 와서 바꿀 이유는 없었다. 이 집에는 항상 밝은 불이 켜져 있었다.

아직 날이 밝기 전이었다. 발에 밟혀 납작하게 시든 잔디는 여기저기 가을을 머금고 있었다. 비는 그쳤다. 그는 이처럼 산기슭 아래로 우유처럼 흘러내리는, 손길이 닿지 않은 안개와 청아하고 상쾌한 아침을 사랑한다. 배에 올라타 핸들 옆에 서서 담배에 불을 붙이고 아래위로 흔들리는 담뱃불을 지켜보는 것을 좋아한다. 흙길을 따라 다가오는 그림자 하나가 눈에 들어왔다. 희미한 회색빛 속에서 루나가 모습을 드러냈다. 루나는 그에게 뛰어올라 이리저리 몸을 비틀며 마치 웃음을 터뜨리는 듯한 소리를 냈다.

후후! 루나가 소리쳤다. 나도 여기 왔어요! 여기 아래에! 여기!

닐스는 웃지 않을 수 없었다. 이 개는 도대체 어디서 왔을까? 반대편 세상에서? 다음 세상에서? 루나가 도로변으로 뛰쳐나갔다가 트럭에 치였던 때가 몇 년 전이었던가? 20년 전? 25년 전? 이 개는 배 안의 조타실에 참을성 있게 앉아 피오르를 따라 움직이는 파도와 빗방울과 빛을 바라보곤 했다. 언제부터인가 말을 하기 시작했고 사람들과 이런저런 일들, 그리고 날씨에 대해 의견을 내놓았다. 정말 특별한 사람이군요! 루나는 이런 말도 할 줄 알았다. 저 여자는 정상이 아닌 것 같아요! 루나는 이런 말도 할 수 있었다. 날씨가 참 좋군요! 닐스, 그러고 보면 우리 둘은 참으로 많은 경험을 함께했어요! 얼마간 시간이 지나고 그는 배, 비행기, 정치, 축구 등 주변의 모든 일에 관해 루나와 대화를 나눌 수 있게 되었다.

지금 루나는 다시 즐겁고 경쾌한 모습으로 그의 발치에 있었고, 바다와 보트 창고를 향해 내딛는 그의 모든 발걸음을 따랐다. 해변으로 내려간 그는 보트 창고의 문을 열기 전에 비뚤어진 창문을 밖에서 밀었다. 여보? 그는 썩은 어망과 디젤 냄새를 코로 들이켜며 어둠 속에서 소리쳤다. 그는 그녀가 여기서 기다리고 있을지도 모른다고 생각했다. 하지만 불을 켠 후 그곳에 아무도 없다는 것을 깨달았다.

닐스는 창가로 다가가 커튼을 쳤다. 그는 보트 창고와 주변의 땅을 사겠다는 제안을 수도 없이 받았지만, 그 어느 것도 팔지 않겠다는 뜻을 부동산 중개업자에게 명확히 밝혔다. 정말 팔 생각이 없나요, 닐스? 이웃들은 그렇게 묻곤 했다. 주변의 보트 창고와 땅은 모두 팔렸다. 이제 해변가를 따라서 줄지어 들어선 여름 별장에는 도시 사람들이 바글바글했다. 그들은 내부 인테리어 공사를 하고 보트 창고를 개축했으며, 자치단체에 매입지의 용도 변경을 신청했다. 언젠가는 자네에게도 좋은 일이 생길 거야, 닐스! 사람들은 그렇게 말했다. 폭포수처럼 비가 내려 물이 차오르는 것을 보면 마음이 바뀔 거야! 하지만 그의 보트 창고는 여전히 제자리를 지켰다. 모든 것은 낡아 무너질 준비가 되어 있었다. 어쩌면 모든 것은 낡아 없어지기 위해 만들어졌는지도 모른다. 그의 보트 창고는 여전히 그 자리에 있었다.

그들의 큰딸은 바로 이곳, 머리 위로 무겁게 드리워진 지붕 아래에서 잉태되었다. 그는 쏟아지는 빗소리와 무룷 밑으로 내린 바지, 그리고 마르타가 자신의 몸속에 천천히 헤엄치듯 들어왔다가 다시 흘러 나가는 정자에 대해 이야기했던 것을 아직도 기억하고 있었다. 그것들 중 하나는 제대로 도착할 수 있겠죠? 그녀는 그렇게 물었다. 그렇게 해서 엘리가 태어났다. 정말 그런 일이 있었던가? 어쩌면 이것은 그가 그들의 삶에 대한 이야기 중 어느 한 부분으로 상상해왔던 것은 아닐까? 아니, 정말 그런 일이 있긴 있었다. 하지만 그는 백 퍼센트 확신할 수 없었다. 그는 선반에서 망치와 펜치를 꺼내 오메가 시계에서 체인 두 개를 제거했다. 이 시계를 처음 착용했을 때보다 훨씬 야윈 것이 틀림없었다. 그렇다, 그의 몸에선 기름기도 사라졌고 여기저기 아프지 않은 데가 없었다. 그는 윤활유와 유포를 꺼내고 문의 걸쇠에 기름칠을 했다. 그의 등 뒤에서 문이 마지막으로 딸깍 하고 닫히는 소리가 들렸다.

아침의 썰물, 고요하진 않지만 잔잔한 날. 피오르에는 결코 고요한 날이 없다. 피오르는 바람이 없는 날에도 우르릉거리는 소리, 바삭거리는 소리, 속삭이는 듯한 소리,

쉭쉭거리는 소리로 가득하다. 그는 이 모든 소리에 대해 잘 알고 있다. 그는 갖가지 소리들을 해석하는 법을 배웠다. 부두의 사다리를 타고 내려가 배에 올라탔다. 그의 몸은 예전에 비해 훨씬 약해지고 뻣뻣해졌지만, 여전히 배로 안전하게 건너갈 수 있을 만큼 유연했다. 부두에서 기다리고 있던 루나는 제자리에서 몇 바퀴 빙글빙글 돌다가 살짝 넘어졌지만 다시 일어나 갑판으로 뛰어올랐다.

이것은 어떤 배인가? 그렇다, 이것은 MB 마르타, 그의 열정을 자극했던 배, 그가 전쟁 직후에 구입했던 배, 미래를 향한 낙관과 믿음으로 가득했던 배, 바다를 가르고 파도와 바람을 견뎌낸 배였다. 흰색 선체와 선실에 빨간색 줄무늬가 칠해진 길이 36피트, 너비 9피트의 흰색 참나무 배. 이것은 그가 직접 12마력의 연소 엔진을 장착시킨 위풍당당한 범선이었다. 그는 선실과 조타실을 직접 지었고, 범선을 페리로 바꾸기 위해 무려 14개월을 투자했다.

그가 시동을 걸었다. 엔진은 언제나처럼 한 번 만에 작동했다. 어떤 궂은 날씨에도 마찬가지였다. 피스톤 펌프가 깨어났다. 분리 핀 사이에서 불꽃이 튀었다. 분배기는

실린더에 전원을 공급했다. 엔진 룸에서는 마치 부엌의
음식 냄새처럼 디젤 냄새가 스멀스멀 피어올랐다. 핸들
이 그의 손안에서 진동했다. 그는 쿵쿵 심장이 고동치는
듯한 뱃소리에 귀를 기울였다. 그것은 세상에서 가장 안
전한 소리, 수년 동안 강하고 질긴 근육으로 그와 함께 일
해왔던 이 배의 심장 소리였다.

그가 피오르를 가로질렀다. 망설임 없이 피오르를 건
넜다. 그는 이전에도 여러 번 피오르를 건넌 적이 있다.
늦은 시각이든 이른 시각이든, 아침이든 저녁이든, 폭풍
이 몰아치든 고요한 날이든 개의치 않고 동쪽으로, 서쪽
으로 배를 몰았다. 그를 따르는 것은 오직 갈매기들뿐이
었다. 마치 불평하듯 끼룩끼룩 소리를 내는 갈매기들은
배 위에서 유난히 더 하얗게 보였다. 오늘 아침 유일하게
눈에 띄었던 인간의 자취라곤 집에서 흘러나오는 불빛과
서쪽에서 달려오는 자동차 불빛뿐이었다.

닐스 비크는 몸을 돌렸다. 그는 집 마당에서 피어오르
는 연기 기둥이 보인다고 생각했다. 불에 타들어가던 매
트리스는 지금쯤 재로 변했을 것이다. 집은 그의 시야에

서 천천히 벗어나기 시작했다. 그가 다시 몸을 돌릴 때쯤이면 집은 보이지 않을 것이다. 이제 그의 모든 분, 시간, 날들은 바로 눈앞에 자리하고 있다. 살기 좋은 집이란 안전한 보호막, 몸을 둘러싼 덮개, 피부와 옷에 이은 또 다른 보호 장치라는 것을 그는 오랜 세월에 걸쳐 배웠다. 요리를 하고, 아이를 낳고, 잠을 자고, 눈을 뜨고, 음식을 먹고, 똥을 싸고, 오줌을 누고, 사랑을 나누며 머무르는 곳.

곧 **8시 30분**이 될 것이다. 아침이긴 하지만 여전히 밤이라고도 할 수 있는 시간. 어둠은 여전히 모든 침실 안에 머무르고 있었다. 사람들은 이불을 끌어 올린 채 잠을 자고 있다. 곧 그들은 침실에서 나와 아침 식사를 하고, 외양간으로 가서 가축들을 살펴보고 착유기를 작동시키고 어망과 어살을 확인한 후, 축구 경기나 가족과의 저녁 식사를 위해 차를 몰고 나갈 것이다. 곧 교회 예배를 알리는 종이 칠 것이고, 종소리는 물 표면에서 진동할 것이다. 시간은 이미 그에게서 떠났다. 시간은 이제 더 이상 그에게 문제가 되지 않았다. 사실, 돌아보면 항상 문제가 되었던 것은 시간이었다. 그는 삶의 마지막 날에 시간을 가로지르는 선을 긋고 그 선을 따라 거꾸로 거슬러 올라가며 시간이 그를 어디로 인도하는지 볼 생각이었다. 그는 정해진 길, 또는 *정해진 길들*을 마지막으로 걸을 것이다. 그는 살아오면서 사랑했던 것들을 그려내고, 들어 올리고, 존중을 표할 것이다. 만약 그가 이 일을 하지 않는다면 누가 대신해줄 수 있을까?

오! 루나가 소리를 내며 닐스를 힐끔 쳐다보았다.

개가 몇 번 더 연거푸 나직하게 만들어낸 그 소리는 마치 한숨처럼 조타실을 채웠다. 바다 위에 안정적으로 자리를 잡은 배는 어둡고 불가사의한 수면 위에서 움직이며 뱃머리의 양쪽으로 작은 물결을 만들어냈다. 닐스는 돌아보지 않았다. 옆도, 뒤도 돌아보지 않고 창문 너머만 뚫어지게 바라보았다.

오! 루나가 다시 소리쳤다.

조용히 해. 닐스가 말했다.

난 아무 말도 하지 않았어요. 개가 말했다.

어떻게 알 수 있을까? 베개의 핏자국? 변기의 분홍색

자국? 알 수 없는 일이다. 그는 이 마지막 날이 지금까지의 다른 날들과 똑같다는 사실에 놀랄 뿐이었다. 그는 같은 침대에서 일어나 여느 때처럼 아침 식사를 하고 이 낡은 배를 향해 걸었다. 그리고 풍경 속에 드리워진 작은 망설임과 함께 피오르로 나왔다. 곧 햇살 속에서 모든 것이 눈앞에 환하게 펼쳐질 것이다.

루나는 두 개의 젖은 물음표 같은 눈망울로 그를 바라보았다.

닐스, 당신이 가장 잘 기억하고 있는 것은 무엇인가요? 개가 물었다.

잘 모르겠어.

그는 너무나 많은 것을 잃었고 너무나 많은 것이 그에게서 떠나갔다. 그의 부재가 곧 이 모든 것을 감싸게 되겠지만. 항해일지를 확인해야 했다. 여전히 여기 있겠지? 맞아, 여기 있군. 나란히 자리한 파란색의 작은 수첩들. 대충 스물다섯 권은 되는 것 같았다. 그는 생각에 잠긴 채 허공을 응시하다가 몇 줄을 휘갈겨 쓰곤 했다. 그는 펜을 더 잘 잡기 위해 심지어 오른쪽 장갑의 끝부분을 잘라내기까지 했다. 그는 무엇이 기록할 가치가 있다고 생각했던가? 당연히 날씨와 바람, 정치와 지리였다. 그는 일지에 낙서를 했고 신문에서 본 글귀를 베껴 적었으며, 도표와 용어 목록도 작성했다. 돈을 얼마나 썼는지도 적었으며, 각각의 금액에는 빨간색으로 작은 동그라미를 쳤다.

그는 사람들뿐만 아니라 양과 염소들도 실어 나르기 위해 이 작은 공간을 만들었다. 온갖 종류의 사람들이 그에게 몰려들어 몇 분, 또는 몇 시간 동안 머물렀다. 그런 다음 육지로 올라가 제각각 흩어졌다. 사람들은 너무나 다양한 장소로 향했다. 그는 사람들을 시내로 데려다주었고, 병원에도 데려다주었다. 성직자와 조산사도 그의 배를 탔고, 학교와 장례식에 가는 사람들도 그의 배를 탔다. 닐스의 배는 그들 존재의 작은 일부가 되었고, 그들 일상의 작은 휴식이 되어주었다. 하지만 이 배는 닐스에게 더 큰 의미를 지녔고, 삶의 한 방식으로 존재했다. 그의 배는 여기저기 뱃머리를 옮겼고, 파도에 흔들리며 노래를 불렀다. 배는 위성이었고, 피오르를 맴도는 달이었다.

그러는 넌 뭘 제일 잘 기억하고 있니? 닐스가 물었다.

저요? 루나는 그에게 되물으며 주둥이를 앞발 위에 포 개어 올렸다.

우리가 함께 숲을 산책했던 일. 잠시 생각하던 개가 대 답했다.

내 기억으로는 우리가 숲에 자주 간 적이 없는 것 같은데.

아니에요. 나는 숲속에 있는 걸 좋아했어요. 정말 좋아 했다고요.

그런데 우리가 언제 숲에 함께 갔었니?

모든 개들은 숲에 있는 걸 좋아해요. 숲에 간 적이 있든 없든. 솔방울! 나뭇가지들! 아, 젖은 나무껍질의 냄새!

그가 가장 잘 기억하고 있는 건 무엇일까? 그렇다, 그 는 그게 무엇인지 잘 알고 있다. 늦은 저녁이나 이른 아침 에 집에 돌아오는 일. 거센 바람과 파도에 시달린 후 비카 에 있는 집으로 돌아오는 일. 이미 잠자리에 든 가족들을 깨우지 않기 위해 살금살금 걷는 일. 대문 앞 실외 전구 만 그대로 두고 집 안의 불을 모두 끄는 일. 어둑한 부엌 에 홀로 앉아 술잔을 앞에 둔 채 양손과 허벅지를 내려다보고, 팔에 새긴 문신과 모든 것들의 표면을 바라보는 일. 밤과 낮 사이의 어디쯤, 깨어 있는 상태와 잠자는 상태 중간의 어디쯤, 죽을 정도로 피곤한 상태, 살아 있는 상태, 너무나 오랫동안 잠을 자지 못해 눈앞이 모두 회색으로 보이는 상태. 자갈 위를 걷는 그의 발소리와, 얼어붙은 잔디 위를 걷는 그의 장화 소리와, 얼음처럼 딱딱한 눈 위를 걷는 그의 발자국 소리를 마르타가 들을 수 있는 밤. 너무나 잠귀가 얇았던 그녀는 바람에 흔들려 담벽에 부딪치는 가느다란 나뭇가지 소리만 듣고서도 날씨와 바람이 어떻게 변할지 읽어내곤 했다. 그녀가 니트 재킷을 어깨에 걸치고 술잔을 잡고 있는 그의 등 뒤로 살그머니 다가오던 밤, 그녀가 두 팔로 그를 감싸안던 밤.

병적으로 창백한 빛이 내려앉으면서 사물의 형태와 모양을 정의하기 시작했다. 닐스 비크는 눈을 감고 핸들에 손을 얹었다가 다시 눈을 떴다. 숲속의 열린 공간을 통해 내려오는 것은 죽은 자들인가? 그렇다, 그들이 저기 있다. 그들이 오고 있다. 날이 밝기 시작하자 죽은 자들이 물밀듯 몰려왔다. 죽은 자들은 점점 더 선명해지고, 11월 아침 8시와 9시 사이에 짙게 드리워진 회색빛 속에서 그 모습을 드러냈다.

저길 봐. 닐스가 말했다.

어딜요? 루나가 물었다.

저기 말야. 닐스가 육지를 손으로 가리키며 말했다.

숲속에 모여 있는 것은 죽은 자들이 틀림없다. 사랑하

는 모든 것들을 두고 온 이들, 더 이상 그 누구에게도 속하지 않는 외로운 이들이 이제 서로를 찾은 것이다. 그들은 들판을 따라 경사진 길을 내려오고 가파른 절벽 위, 해변의 바위섬으로 나아갔다. 그들은 거기 서 있을 것이다.

닐스는 속도를 늦추고 서쪽으로 뱃머리를 돌렸다. 배는 육지를 향해 천천히 미끄러지듯 다가갔다. 이제 죽은 자들은 불과 몇 미터 앞에 있다. 그들은 질긴, 아침 같은 생명체다. 그들은 제각기 서 있지만 서로서로 연결되어 거의 하나의 생명체, 하나의 존재로 자리하고 있다. 그들은 꼼짝 않고 조용히 서 있지만, 살아 있는 것이 틀림없다. 그들은 과거에 속하지만 지금 여기, 눈앞에서도 찾아볼 수 있다.

닐스, 지금 배를 돌려도 돼요. 알고 있죠? 루나가 말했다.

아냐, 나는 되돌아갈 수 없어. 그가 대답했다.

확신하나요?

응, 나는 이제 다시 돌아갈 수 없어.

그들은 환영이다. 환영일 수밖에 없다. 하지만 닐스는

그들에게서 떠나갈 수 있을지, 또는 그들을 떨쳐낼 수 있을지 확신할 수 없었다. 죽은 자들이 그에게 온 것일까? 아니, 그들은 그에게서부터 나온 것일지도 모른다. 그들은 배에 오르기를 원할까? 그와 함께 있기를 원하는 것일까? 닐스는 죽은 자들을 하나하나 살펴보았다. 그들 사이에서 마르타는 찾아볼 수 없었다.

그들은 여기로 왔다. 그렇다, 그들은 지금 여기에 있다. 모든 탑승객들이 일지 속에서 튀어나왔고, 그의 손글씨 사이를 비집고 올라왔고, 기억으로부터 자라났다. 피오르 가장자리를 따라 선 그들은 이제 그와 함께였고, 서로 다시 알아가기를 바라는 듯 보였다. 우리를 봐요. 우리를 데려가세요. 우리에 관해 이야기해 보세요.

그에게 탑승료를 지불했던 첫 승객은 누구였을까? 그렇다, 쉰베 네스뵈와 스베레 네스뵈였다. 1948년 5월 5일 토요일, 일지에는 *산들바람이 불고 옅은 구름이 보이는 아름다운 봄날*이라고 기록되어 있었다. 그런데 방금 그는 네스뵈 부부를 보지 않았던가? 그들도 죽은 자들 중에서 있지 않았던가? 그렇다, 결혼한 남녀가 흔히 그러하듯, 그들은 자신의 의지와는 상관없이 서로의 신경을 거스르다 결국은 좋지 않은 결과를 맞이했던 한 남자와 한 여자였다. 1948년 5월 어느 날, 피오르로 나온 닐스 비크는 그들 부부가 난생처음으로 함께 도시 여행길에 오른 것이 틀림없다고 생각했다. 도시 쪽 피오르에 가까워졌을 때, 스베레 네스뵈는 사실 이 여행을 하고 싶은 생각이 전혀 없었다고 솔직하게 말했다. 가축을 돌보고, 장작을 패고, 소젖을 짜고, 밭을 갈고, 도살을 하는 등 집에서 할 일이 너무도 많다고 했다. 그의 아내인 쉰베 네스뵈는 코웃음을 치며 사과나무와 소들과 집과 헛간은 그들이 집에 돌아가는 날까지도 어디 가지 않고 제자리를 지키고 있을 것이라고 말했다.

목적지에 도착한 부부는 팔짱을 끼고 사람들의 무리에 비집고 들어가 도시의 거리 속으로 사라졌다. 닐스는 그날 갑판에 앉아 담배를 피우고 술 한잔을 하면서 길을 걷는 사람들을 관찰했다. 스베레 네스뵈는 얼마 지나지 않아 배로 되돌아왔고, 도시 생활이 그에게 맞지 않는다고 말했다. 길을 한 번 건널 때도 좌우로 너덧 번을 살펴야 하고, 걸을 때도 온갖 사람들이 부딪쳐 와서 단 1초도 평화를 누리지 못했다고 투덜거렸다. 반면, 그의 아내는 가게에서 새 옷을 입어보고 싶어 했고, 베이커리에서 음식을 맛보고 싶어 했으며, 길을 걸으며 아이쇼핑을 하고 싶어 했다.

나는 아내에게 두 시간을 주었어요. 만약 그녀가 4시까지 돌아오지 않는다면 그게 아내의 선택인 거겠죠. 스베레 네스뵈가 말했다.

무슨 선택을 말씀하시는 건가요? 닐스가 물었다.

아내가 도시의 삶을 선택했다는 말이죠.

두 사람은 기다리는 동안 카드 게임을 했다. 닐스는 자신의 승객에게 술을 권했다. 3시 30분쯤, 스베레 네스뵈는 담배 한 개비를 달라고 했다. 낡은 양복 차림의 승객은 갑판 위를 이리저리 서성거렸다. 4시 2분 전, 쉽베 네스뵈가 미소를 띤 채 장미꽃을 들고 돌아왔다. 닐스는 이미 그녀의 남편으로부터 배에 시동을 걸고 선착장을 떠나달라는 부탁을 받은 뒤였다.

꽃을 사는 데 내 돈을 썼어? 스베레 네스뵈가 물었다.

당신 돈이라고? 그녀가 되물었다.

그래, 내 돈.

세상에, 내가 이런 바보 천치 같은 남자랑 결혼을 했다니. 그녀는 투덜거리며 배에 올랐다.

그의 마지막 날은 이렇게 흘러갔다. 항해일지를 펼쳐 놓은 채 핸들 옆에 서서, 과거의 소리와 라디오의 소리에 귀를 기울이면서. 11월의 하늘은 그의 머리 위에 있었고, 그의 발밑에서는 엔진 소리가 들려왔다. 크비에네를 지나칠 때는 랜턴을 켠 레저용 보트 한 척을 보았다. 닐스는 보트 안에 있는 사람을 자세히 볼 수는 없었지만, 언뜻 남자 한 명과 개 한 마리를 보았다고 생각했다. 그들이 바로 옆을 지나칠 때 보트 안의 남자가 손을 흔들며 인사를 건넸다. 닐스는 인사를 되돌려주지 않았다. 그는 피오르에서 인사를 건네는 사람들을 진지하게 받아들일 수 없었다. 그들은 피오르나 더 먼 바다에서 실제로 어떤 일이 일어날 수 있는지 전혀 모르는 것 같았다. 배가 가라앉는 모습을 본 적 없고 배들이 서로 부딪치는 소리도 들어본 적 없는 사람들이 틀림없다. 쿵. 바다에서는 차가운 머리로 집중해야 한다. 닐스가 생각하기에 피오르를 항해하며 손을 흔들고 인사를 건네는 사람들은 그런 행동이 그들 자신의 나약함과 외로움에 도움된다고 믿는 것이 틀림없었다. *오호이! 나는 여기 있어요! 머저리 같으니!*

내겐 좋은 배가 있어요. 마르타가 수영을 배우라고 말하면 그는 이렇게 답하곤 했다. 그는 믿을 수 있는 배를 갖는 것이 가장 중요하다고 생각했고, 그에게는 바로 그런 배가 있었다. 그는 이 배가 어떤 궂은 날씨나 바람도 견뎌낼 수 있다고 생각했다.

이 배의 아름다움은 모든 것이 제대로 작동한다는 데 있었다. 그는 파도가 높아질수록 더욱 안전하다고 느꼈다. 당신은 당신 아버지에게 일어났던 일을 잊어버렸군요. 마르타가 이렇게 말하면 그는 '피오르는 주고 피오르는 빼앗는다'라는 말로 받아치곤 했다. 그는 피오르의 사나이였고 뱃사람이었다. 그는 '페리'가 고대 북유럽에서 유래된 말이며 원래 위험을 의미하기에 바다에서 익사한

다고 해도 그리 이상할 건 없다고 참을성 있게 설명하기
도 했다. 멍청한 사람 같으니. 마르타가 이렇게 말하면 그
는 상관없다고 대답하곤 했다. 예로부터 뱃사람들은 헤
엄치는 법을 제대로 배우지 않았다. 배가 가라앉으면 어
찌 되었든 그들이 할 수 있는 일은 거의 없었기 때문이다.
가장 좋은 방법은 즉시 익사하는 것이었다. 수영을 하면
고통은 길어질 뿐이니까.

어느 겨울날 아침, 유난히 거친 바다에서 돌아온 닐스
는 부두에서 자신을 기다리고 있는 마르타를 발견했다. 닐
스의 코트를 두른 채 서 있는 그녀의 머리카락이 세찬 바
람에 휘날리고 있었다. 그는 뭍에 오른 후에야 그녀의 얼
굴이 퉁퉁 부어 있는 것을 보았다. 닐스는 그녀를 끌어당
겨 두 팔로 감싸안아주려 했지만, 그녀는 그의 점퍼를 붙
잡고 이제껏 그런 힘이 있었는지도 몰랐을 만큼 세차게
흔들었다. 그러고는 꽉 쥔 오른손 주먹을 그를 향해 휘둘
렀다. 깜짝 놀란 그는 처음에는 웃음을 터뜨렸지만, 곧 통
증이 머리를 스쳤고 입술과 코에서는 피가 흘러내렸다.

마르타는 다시 주먹을 휘둘렀다. 그리고 한 번 더. 그의

몸과 얼굴을 주먹으로 연달아 쳤다. 닐스는 균형을 잃고 넘어질 뻔했다. 그는 복싱 선수처럼 두 팔을 올려 얼굴을 가렸다. 그녀는 포기하지 않았다. 그가 팔을 꽉 붙잡아 보았지만, 그녀는 손을 뿌리치고 주먹을 휘둘렀다. 결국 그는 무릎을 꿇고 그녀의 코트 자락을 부여잡은 채 이제 제발 그만하라고 간청했다.

당신에게는 두 딸이 있고, 내가 있어요. 당신에겐 가족이 있다고요. 당신은 헤엄치는 법을 배워야 해요. 마르타가 말했다.

아침은 여전히 안갯속에 있었다. 산되위를 지나치려니 그 섬이 마치 스스로 물을 벗어나 피오르를 가르며 항해하는 것처럼 보였다. 그가 마지막으로 그곳에 갔던 것은 언제였을까? 올해 여름에 산되위에서 헤엄을 치지 않았던가? 적어도 지난여름에는 그곳에서 헤엄을 친 기억이 있었다. 지난여름은 특별했다. 연달아 이어지는 화창한 날들, 시간이 사라진 것 같은 날들. 사람들은 무더위를 식히기 위해 바다로 뛰어들 수밖에 없다. 그렇다, 그는 올해 여

름에도 수영을 했다. 그는 화창한 여름의 마지막 날, 이곳
으로 배를 타고 와 헤엄을 쳤던 기억을 끄집어냈다.

그는 그날이 여름의 마지막 날이라는 것도, 그의 인생
에서 마지막으로 헤엄을 친 날이라는 것도 당시에는 알
지 못했다. 이제서야 알아차린 것이었다. 어쩌면 그의 수
영복은 아직 그 섬의 소나무 가지에 걸려 있을지도 모른
다. 그는 당시 수영복을 잊고 가져오지 않았다는 걸 알아
차리고 언젠가는 다시 가서 가져오리라 마음먹었던 것
을 기억해냈다. 그는 여러 해를 거치며 헤엄치는 것을 좋
아하게 되었다. 그가 억지로 헤엄치는 법을 배웠던 건 마
르타 때문이었다. 그는 바닷물이 얼음처럼 차갑다고 불
평했다. 그녀는 더 기다린다고 해서 바닷물이 따뜻해지
지는 않을 것이라고 대꾸했다. 마르타는 겁쟁이, 약골, 풋
내기라고 놀리면서 그를 바닷물로 끌어냈다. 놓지 말아
요! 그는 물장구를 치며 그녀에게 소리쳤다. 계속 붙잡고
있을 테니 걱정 마세요. 마르타가 말했다. 만약 당신이 나
를 놓으면 난 당신을 죽여버릴 거야. 놓지 않을 거라고 말
했잖아요. 이제 머리를 물 위로 내밀고 몸의 긴장을 풀어

보세요. 그는 천천히 헤엄치는 일을 즐기기 시작했다. 물에 뛰어들고, 차가운 물이 몸에 닿을 때의 충격을 느끼고, 팔을 몇 번 움직이고, 그 느린 움직임이 손끝에서 발끝까지 번져나가는 것을 받아들였던 것이다. 그에게는 육지와 바다에 무더움이 내려앉은 일요일날 마르타와 두 딸과 함께 산되위섬에 가서 티셔츠와 샌들을 벗어 던진 후 숨을 크게 들이쉬고 물속으로 뛰어들 때, 반짝거리는 아이들의 다리를 간지럽히고는 그 자지러지는 비명을 듣기 위해 활짝 웃으며 물 위로 고개를 내밀 때, 바다에서 나와서 마치 루나가 하듯 몸에 묻은 물기를 털어낼 때, 저녁이 되어 배가 고플 때까지 헤엄을 치고 피오르 건너편의 가게에 가서 아이스크림을 사 먹을 때보다 더 행복한 순간은 없었다.

모든 일에는 끝이 있다. 그 끝은 결코 당신이 생각하는 것과 같지 않다. 끝은 모든 것이다. 그렇지 않은가? 언젠가는 마지막으로 딸을 목말 태우고 숲을 산책하는 날이 올 것이다. 산 위에 올라가 발밑의 풍경이 마치 나만의 것 같다고 느낀 마지막 날. 마지막으로 가게에 가서 빵과 우유와 버터를 산 날. 마지막 여름. 마지막 수영. 그는 8월의 어느 날, 튜브에 등을 대고 누워 푸른 하늘과 하얀 구름을 올려다보았고, 햇살에 데워진 바위 위에 앉아 눈을 감고 피오르에서 들려오는 파도 소리를 들었다.

루나가 기타 소년을 먼저 발견했다. 개는 앞발로 창문을 긁어댔다. 저길 봐요! 개가 말했다. 저기 말이에요! 그들은 부두 근처에 있었고 시각은 오전 **9시 30분**이었다. 아무리 봐도 그는 기타 소년이 틀림없었다. 그렇지 않다면 누가 일요일 아침 그 시간에 홀로 부두에 앉아 담배를 피우겠는가? 소년은 눈이 펑펑 내리던 1971년의 어느 추운 아침, 처음으로 그들이 소년을 발견했을 때와 같은 장소에 앉아 있었다.

배를 대고 저 아이를 데려올까? 닐스가 물었다.

그래요! 그렇게 해요! 루나가 대답했다.

닐스는 속도를 늦추고 육지를 향해 뱃머리를 돌렸다.

여느 때와 똑같은 자세로 서서 얼어붙은 손에 입김을

후후 불던 소년은 닐스가 부두로 다가가자 미소를 지었다. 소년은 여전히 길게 늘어뜨린 머리에 기타 케이스를 옆에 끼고 있었다. 이제 겨우 열여섯 또는 열일곱 살쯤 되었을까. 소년이 배에 오르자 루나는 갑판으로 달려가 그의 목과 턱을 마치 사탕이라도 되는 듯 마구 핥으며 기어올랐고, 결국 소년은 균형을 잃고 넘어졌다.

왜 이렇게 늦었어요. 기타 소년이 말했다.

징징대지 마. 닐스가 말했다. 그는 웃음을 터뜨리며 소년을 꼭 껴안아주었다.

학교 교장은 욘 안데르손이 행동이 거친 말썽꾸러기라서 다른 학생들이 모두 피할 뿐 아니라 함께 있는 것조차 싫어한다고 말했다. 닐스는 그 소년을 배에 태우고 잔일을 시키는 데 동의했다. 소년이 어떻게 행동하는가에 따라 그 기간은 몇 주가 될 수도 있었고, 몇 달이 될 수도 있었다. 배에 오른 욘은 처음엔 거의 한마디도 하지 않았고, 배에 적응하기까지는 일주일이나 걸렸다. 어느 날 아침 소년이 멍든 눈으로 나타났다. 누가 너를 때렸니? 닐스가 물었다. 소년은 다른 애들이 그랬다고 대답했다. 왜? 아니다, 그럴 수도 있지 않겠니? 또 다른 어느 날 아침, 소년의 손등에는 네 개의 조그만 핏자국이 맺혀 있었다. 누가 너를 포크로 찔렀니? 닐스가 물었다. 아버지가 그랬어요. 소년이 대답했다. 왜? 아니, 어쩌면 너의 식탁 예절이 좋지 않았기 때문일지도 몰라, 그렇지?

소년과 함께했던 첫 번째 여행은 침묵으로 조용했지만, 그다음부터는 마치 배 안에 라디오 한 개를 더 들여놓은 것처럼 시끄러웠다. 아침에 소년을 태우면 마치 라디오 전원을 켠 것처럼 온종일 재잘거리는 소리가 배를 채웠다. 배 안에 소년과 닐스와 루나 세 명뿐일 때면, 소년은 몇 시간이고 기타를 연주했다. 욘 안데르손은 자기 자신이 전혀 모르는 것을, 즉 꿈과 희망을 연주했다. 그는 연주를 하지 않을 때면 난간 위에 올라가 두 팔을 양옆으로 활짝 벌리고 몸의 균형을 잡거나 뭍으로 뛰어올라 소나무에 있는 새 둥지 안에서 새알을 훔쳐 오기도 했다. 닐스는 항해일지에 이렇게 적었다. *이 또한 삶의 한 단계다. 중력도 없고 안정감도 없이, 매일 아침은 가느다란 팔다리와 거친 심장으로 찾아온다.*

다시 만나서 반갑구나. 닐스가 말했다.

마찬가지예요. 소년이 씩 웃으며 말을 이었다. 어떻게
지내세요?

잘 지내고 있어. 내가 죽었다는 사실만 제외한다면 말야.

닐스는 선실에 소년이 훼손한 흔적이 아직도 남아 있
으니 원한다면 들어가서 확인해보라고 말했다. 욘은 당
황하는 것 같았다. 닐스는 나무 벽에 새긴 글자들 얘기라
고 덧붙였다. 소년은 심심할 때면 주머니칼을 꺼내 자신
이 좋아하는 밴드의 이름을 선실 벽에 새기곤 했다. 닐스
는 벽이 훼손된 것을 보고 그를 심하게 나무랐었다.

내가 너를 제대로 돌보지 못했던 것 같구나. 닐스가 말
했다.

당신은 나를 제대로 보살펴 주었던 유일한 사람이에
요. 욘이 말했다.

1971년 어느 가을날, 닐스 비크는 안데르손 가족의 집
으로 와달라는 부탁을 받았다. 그는 욘의 아버지가 대문
을 열어줄 때까지만 하더라도 그 이유를 짐작하지 못했

다. 그는 첫눈에 그 사람이 욘의 아버지라는 것을 알 수 있었다. 하얀 셔츠, 일요일에 입는 정장 바지, 우울하고 간소한 분위기.

그는 집 안으로 들어갔다. 욘은 복도에 서서 닐스가 있는 쪽으로 고개를 끄덕였다. 거실에 있던 욘의 어머니는 닐스에게 인사도 건네지 않은 채, 말없이 커피와 비스킷을 가져왔다. 욘의 아버지인 안데르손은 닐스에게 자리에 앉으라고 권했다. 의자의 팔걸이는 누군가가 그 자리에 오랫동안 참을성 있게 앉아 있었던 것을 보여주는 듯했다. 텔레비전 위에는 예수의 그림과 국왕들 중 한 사람의 사진이 걸려 있었다. 욘의 아버지는 식구들의 생계를 책임지고 있는 사람은 바로 자기 자신이지만, 그럼에도 집안에서 벌어지는 일에 대해서는 가장 늦게 아는 사람이 본인이라고 말하며 아들을 바라보았다.

그런데 이제 저년이 학교를 그만두겠다고 하는군요.

따님이 있었나요? 닐스가 물었다.

네, 쟤는 여자애잖아요. 아닌가요?

아닙니다. 저 아이는 여자아이가 아닙니다.

어쨌거나, 저년은 우리 모두를 실망시켰습니다.

글쎄요, 아드님은 저를 실망시킨 적이 없습니다. 단 한 번도 없었어요. 그건 그렇고 왜 저를 여기까지 오라고 하셨는지요?

인간이라면 누구나 자기통제력을 잃을 위험을 안고 있습니다. 당신은 일종의 보험이죠. 저는 일이 잘못되지 않기를 바라니까요.

안데르손은 학교에 다니는 것이 절대적으로 중요하며, 사람은 학교에 다님으로써 자신의 삶을 창조할 기회를 얻을 수 있다고 말했다. 그는 자신의 딸이 최근 어떤 성인에게 애정을 보인다는 인상을 받았는데, 물론 그것은 긍정적인 일이긴 하지만 페리 운전수 또한 그렇게 느끼고 있는지 알고 싶다고 했다.

그건 아드님에게 직접 물어보셔야 할 것입니다. 아드님의 선택이니까요.

아닙니다. 딸이 성인이 될 때까지는 우리가 모든 일을 결정합니다.

안데르손은 아내에게 가위, 빗, 수건을 가져오라고 했

다. 그리고 부엌으로 들어가더니 윈저 스타일의 나무 의자 한 개를 가지고 왔다. 안데르손은 수건을 의자 등받이에 걸쳐놓으면서 여자아이라고 해서 싫어하는 건 아니라고 말했다. 아니, 딸이 있었다면 아들처럼 좋아했을 거라고 덧붙였다. 그들은 우여곡절 끝에 아들을 낳았지만, 지금은 아들이 없는 것이나 마찬가지라고 했다.

안데르손은 의자를 툭툭 쳤다. *이리 와서 앉아.* 욘은 입가에 비뚤어진 미소를 띠고 팔짱을 낀 채 가만히 서 있기만 했다.

욘의 아버지가 닐스를 돌아보았다.

보셨죠? 저년은 자기를 낳아준 아버지의 말도 듣지 않습니다. 저 아이에게 이리 와서 의자에 앉으라고 말씀 좀 해주시겠습니까?

저분에게 그런 부탁은 하지 마세요. 소년이 말했다.

이리 와서 앉아. 소년의 아버지가 말했다.

싫어요. 아들은 거부했다.

앉으라니까.

싫다니까요.

안데르손은 헛기침을 하며 목을 가다듬더니 바지에서 벨트를 빼서 거머쥔 후 다시 의자를 가리켰다. 벨트를 꽉 감아쥔 그의 손은 핏기가 돌지 않아 창백하기 그지없었다. 닐스는 그에게서 일종의 희열을 보았다. 아들을 마음껏 팰 수 있는 기회를 얻었다는 생각 때문이리라.

닐스가 자리에서 일어났다.

다른 사람에게 무력을 사용하는 것은 범죄행위라는 사실을 잘 알고 계시겠죠? 비록 그 다른 사람이 당신 가족이라 할지라도 말입니다.

그런 것까지 가르쳐줘서 감사하군요. 안데르손은 그렇게 말하고는 그는 다시 의자를 가리켰다. 소년은 피식 코웃음을 쳤다.

앉아. 아버지가 말했다.

지옥에나 떨어져. 욘이 말했다.

지금 뭐라고 했니?

실크 보지라고 했어요. 빌어먹을 실크 보지.

이 집에서는 그런 식으로 말을 하지 않아.

그건 사실이 아니에요. 왜냐하면 제가 그런 식으로 말

을 하거든요.

아버지가 아들에게 바짝 다가섰다. 두 사람 사이의 거리는 불과 몇 센티미터밖에 되지 않았다. 닐스는 두 사람 사이를 비집고 들어가서 소년에게 등을 돌린 채 아버지를 정면으로 쳐다보았다. 그는 안데르손의 머릿속에서 뇌가 덜거덕거리며 움직이는 소리를 들을 수 있을 것만 같았다. 안데르손은 오른쪽으로 한 발짝 비켜서서 다시 아들에게 의자에 앉으라고 명령했다. 소년은 거부하며 옆으로 한 걸음 움직였다. 닐스는 다시 둘 사이를 비집고 들어가 섰다. 안데르손은 다시 몸을 움직였다. 이번에는 왼쪽으로 발을 내밀었다. 그런 식으로 그들은 이상한 춤을 추듯 왼쪽으로, 오른쪽으로, 그리고 다시 제자리로 돌아가기를 반복했다. 곧, 모두가 얼어붙은 듯 제자리에 가만히 섰다.

이 아이의 손가락 하나라도 건드리면 내가 당신을 가만두지 않을 거요. 닐스가 말했다.

소년의 아버지는 거친 숨을 몰아쉬며 닐스를 노려보았다. 그의 가슴은 불쑥 솟아올랐고, 눈은 이글이글 타올랐으며, 얼굴은 분노로 새빨개졌다. 갑자기 그가 닐스의 얼굴에 침을 뱉었다. 닐스는 예상치 못했던 일에 깜짝 놀랐지만, 침을 닦고 그의 앞에 서서 침착하게 기다렸다. 둘 사이에 말 없는 싸움이 시작된 것이었다. 소년의 아버지는 잠시 가만히 서 있더니 두 발자국 뒤로 물러났다. 갑자기 현기증을 느낀 것처럼 보였다. 그는 자신이 부엌에서 가져온 의자에 털썩 주저앉더니 몸을 앞으로 숙이고 두 손으로 배를 감쌌다. 소년은 몇 발자국 앞으로 나서서 아버지에게 손을 내밀었다. 아버지는 반은 당황하고 반은 경멸하는 표정으로 아들의 손을 바라보았다.

개에게 가위를 주세요. 어머니가 말을 이었다. 그냥 가위를 주라고요, 예르하르.

아버지는 아이에게 가위를 건네주며 바닥을 뚫어져라 내려다보았다. 그 남자는 조금 전과는 완전히 다른 사람이 되어 있었다. 갑자기 낯선 사람, 경쟁에서 뒤처진 사람처럼 보였다. 남자가 짧은 신음을 토했다. 마치 애절한 울음소리 같기도 했고, 어린아이가 잠결에 징징거리는 소리 같기도 했다.

닐스는 얼마나 자주 그 순간을 되돌아보았는지 모른다. 가족생활이 단 몇 초 만에 완전히 뒤집어질 수 있다는 것을 깨달았던 바로 그 순간. 갑자기 외부인이 되어버린 것은 바로 그 아버지였고, 처벌을 받고 고통을 당한 것도 바로 그 아버지였다. 폭력과 위협을 사용해 다시는 가족에게 되돌아갈 수 없는 한 남자.

도대체 무슨 일이 있었던 거니? 닐스가 물었다. 욘은 미소를 지으며 담배 한 개비를 달라고 했다. 그는 라이터로 불을 붙이고 깊은숨을 들이켰다가 담배 연기를 내뱉었다. 그러게, 무슨 일이 있었던 걸까? 도대체 무슨 일 때문이었을까? 소년은 아버지의 차를 훔쳤다. 오펠 레코드, 63년 모델. 그다지 특별할 것이 없는 차였다. 그 차는 여러 가지 소리를 만들어냈다. 여러 가지 소음이라 해야 더 정확할 것이다. 그 소음은 차를 빨리 몰 때와 엔진을 끈 직후에 들을 수 있었다. 무언가 쿵쿵 부딪치는 듯한 이상한 소리. 그 차는 조만간 사고를 일으킬 것이 분명한 그런 차였다.
얼마나 차를 빨리 몰았던 거야? 닐스가 물었다.

잘 모르겠어요. 시속 100킬로미터를 조금 넘긴 것 같아요. 소년이 말을 이었다. 나는 마음만 먹으면 얼마든지 차를 빨리 몰 수 있다고 생각했어요.

어느 봄날 저녁, 도로에는 다른 차들이라곤 하나도 보이지 않았다. 헤드라이트 불빛만이 자동차의 움직임에 맞춰 요동치듯 미끄러졌다. 속도를 내며 달리는 차창으로 바람이 새어 들어와 가슴과 얼굴을 때렸다. 욘은 여자친구와 함께 있었다. 사귄 지 얼마 되지 않은 두 사람은 가능한 한 빨리 그곳을 떠나기로 결심했다. 욘은 반대편에서 상향등을 끄지 않은 차 한 대가 달려왔다고 그에게 말했다. 욘은 브레이크를 급히 밟았고 차는 옆으로 미끄러져 도로를 벗어났다. 오펠은 윙윙 소리를 내며 피오르에 빠졌다. 라디오가 꺼졌고 자동차 보닛과 앞유리에 물이 차올랐다. 그와 여자친구는 차 안에 갇혔다. 차 안으로 들어온 물은 그들의 입과 폐까지 들어찼고, 그는 여자친구의 손을 꼭 잡았다. 그는 피오르에 천천히 가라앉는 차 안에서 여자친구와 함께 죽는 것이 생을 마감하는 가장 완벽한 방법이라고 생각했다.

그래요, 저는 아무래도 상관없다고 생각했어요. 정말 괜찮았다고요. 소년이 말했다.

닐스는 욘의 장례식에 갔었다고 말했다. 그는 5월의 어느 화창한 날 하얀 관이 땅속에 묻히는 것을 보았다. 그는 애도를 표하고 함께 슬픔을 나누고 싶었지만, 욘의 아버지는 닐스가 내민 손을 못 본 척 무시했다. 얼굴이 벌겋게 부은 그는 닐스의 신발에 침을 뱉고 제 갈 길을 갔다. 닐스는 물에서 차의 잔해를 거두는 데 도움을 주었다. 그는 시신이 눈에 들어왔을 때 얼굴을 돌려버렸다. 운전석에 앉아 셔츠를 풀어 헤친 채 머리를 뒤로 젖히고 여자친구의 손을 잡고 있는 욘의 모습을 언뜻 보았다. 글러브 박스에서 탄창이 비어 있는 38구경 리볼버가 발견되었다.

그 리볼버로 뭘 하려고 했었니? 닐스가 물었다.

만일의 경우를 대비했던 것뿐이에요.

어떤 경우?

누군가가 우리의 앞길을 막으려 할 경우.

까마귀들이 전화선에 앉아 있다. 까마귀는 물과 같
고, 마치 풍경의 고정된 일부처럼 지속적이며 영원하다.
그들은 예전과 다름없이 재잘거리고 소리를 지른다. 까
악— 까악— 올 수 있나요? 까악— 까악— 그건 뭔가요?
까악— 까악— 배를 한 대 가져와봐요. 뚜껑을 열면 교환
원을 호출할 수 있는 다이얼이 있고 벽에 걸 수 있도록 커
다란 걸쇠가 달린 검정색 전화기를 집에 들여놓자, 까마
귀들은 하루 종일 전화를 걸었다. 따르릉. 따르르릉. 까
악— 까악— 여보세요! 여보세요? 까악— 까악— 안녕
하세요! 네, 까악— 올 건가요? 까마귀들은 전화선 위에
서 소리를 지르고, 아래로 떨어지고, 땅 위에서 어슬렁거
리며 돌아다니고, 날개를 퍼덕였다. 그들에겐 도움이 필

요하고, 배가 필요하고, 그가 필요했다. 까마귀들은 그의 영원한 두통이었으며 전염병이자 성가신 존재였다. 으— 으— 당신은 채식주의자인가요? 나는 한 시간이면 도착할 거예요. 까악— 까악— 다섯 시경에 산사태가 일어났어요. 거기로 데려다줘요. 까악— 까악— 배를 가져오라고요. 그는 수화기를 내려놓고, 점퍼를 입은 후 장화를 신고 뛰다시피 부두로 내려갔다. 까마귀들이 하루 종일 전화선 위에서 날갯짓을 하고 소리를 지르면 그는 생각을 정리할 수조차 없을 정도로 머리가 아팠다. 그럴 때면 그는 까마귀들에게 주먹을 휘두르며 닥치라고 소리치곤 했다. 지난주 어느 날 아침에 눈을 떴을 때, 그는 침실에 까마귀 한 마리가 들어와 있는 것을 발견했다. 그가 자고 있을 때 창을 통해 들어온 것이 틀림없었다. 알았어요. 까악— 까악— 당장 나가면 될 것 아니에요? 이제 닐스는 까마귀들이 없었다면 그의 삶은 매우 가난했을 것이라고 생각한다. 까악— 까악— 배를 가져오라고 했잖아요— 까악— 까악—.

눈사태가 났던 1973년 겨울, 그들은 시도 때도 가리지 않고 전화를 했다. 그의 배는 왔다 갔다 했다. 배는 원을 그리기도 하고, 때로는 삼각형과 사각형을 그리며 움직이기도 했다. 그의 배는 특별했다. 막힌 도로와 끊어진 길 때문에 꼼짝도 못 하는 차들은 조그맣고 쓸모없는 물건이 되어버렸다. 묵직하고 커다란 버스도 마찬가지였다. 그것들은 앞으로도 뒤로도 움직이지 못했다. 헬리콥터와 수상비행기는 피오르 위를 맴돌았지만 육지에 착륙하는 데 큰 어려움을 겪었다. 그의 배는 밤낮을 가리지 않고 움직였다. 사람들은 그의 손에 자신의 생명을 맡겼다. 그는 혼란 속에서 사람들을 구해 안전한 곳으로 옮겨주었다.

가장 큰 규모의 눈사태는 1월 11일 후사와 힐레르 사이 어딘가에서 발생했다. 닐스 비크는 그날 아침 일찍 전화를 받자마자 그곳으로 향했다. 지역 보안관과 경찰관 세 명이 그의 배에 함께 올랐다. 바람은 여전히 울부짖듯 노래를 불렀다. 얼마 후, 그들은 뉴스를 통해 그곳에서만 최소 15만 톤의 눈이 무너져 내렸다는 소식을 들었다. 동부 지역의 한 남자는 산기슭에 있던 집 두 채와 헛간 한 채가 산 위에서 흘러내리는 눈 더미를 이기지 못하고 순식간에 피오르로 밀려 가는 모습을 촬영했다.

녹화된 영상에서는 자동차가 눈사태에 휩쓸리지 않으려 급히 브레이크를 밟고 전속력으로 후진하는 모습도 볼 수 있었다. 눈사태를 이겨내지 못한 전나무 숲은 폐허가 되었고 과일나무들은 뿌리째 뽑혔으며 집 두 채는 마치 모노폴리 게임의 말처럼 산 아래로 굴러갔다. 텔레비전에서 그 모습을 본 닐스는 일지에 이렇게 썼다. *마치 하얀 가발처럼 산을 덮고 있던 눈이 산기슭을 타고 아래로 미끄러져 내려왔다.*

뉴스에서는 그 아마추어 영상을 연속적으로 재생해서 보여주었다. 폭풍이 지나간 후, 그는 노르웨이의 혹독한 겨울이 해외에서도 토픽이 되었다는 소식을 들었다. 프로그램 진행자는 극적인 목소리로 이렇게 말했다. *이곳은 전 세계에서 가장 아름다운 지역 중 하나이지만 가장 위험한 지역 중 하나이기도 합니다.* 만약 누군가 닐스에게 묻는다면 그는 이렇게 말해줄 것이다. *우리는 산과 함께 살아가는 법을 배워야 하고, 언제 산이 조용한지, 언제*

산이 소리를 내고 요동을 치고 무너져 내리는지 알아야
합니다. 그는 수년 동안 산을 보아왔다. 며칠씩이나 안갯
속에 숨어 있다가 갑자기 모습을 드러낼 수 있는 산. 그가
피오르를 따라 항해하는 동안 천천히 변하지만 그럼에도
지켜볼 가치가 있는 산. 물 위로 솟은 꼭대기에 쌓인 신
선한 눈과 빙하로 정의되기도 하는 산. 우리는 균열과 틈,
갈라짐과 뻥 뚫린 구멍, 그리고 살인 계획 등에 관해 자신
만의 규칙을 가지고 있는 산을 존중해야 한다.

그는 그 일이 일어나기 이미 오래전에, 산이 곧 격노할
것이고 피오르 주변 어딘가를 강타하고 무너뜨리리라는
것을 알고 있었다. 새들도 알고 있었고, 동물들도 알고 있
었으며, 물고기도 알고 있었다. 그들은 언제 날씨가 변하
고 폭풍이 닥칠 것인지, 언제 비가 내리고 하늘이 맑아질
것인지 사람들보다 훨씬 전에 안다. 그들은 수백만 년 동
안 구름을 보고 땅의 소리를 들으며 축적해 온 지식을 바
탕으로 물과 땅과 공기의 미세한 변화를 포착한다. 뱃사
람들도 날씨를 예측할 수 있다. 일기예보를 듣거나 신문을
읽을 필요도 없다. 단지 피오르가 어떻게 잠잠해지는지,

공기가 어떻게 얼마나 무거워지는지, 또는 하늘의 새들이 어떻게 움직이는지 알아차리기만 하면 된다.

그날 아침, 그들은 후사에 배를 정박시키고 뭍으로 올라갔다. 얼어붙은 땅 위에는 소 두 마리가 마치 여름날 농가 주변을 산책하듯 평화롭게 서 있었다. 도대체 소들이 어떻게 저기 나올 수 있었을까요? 보안관이 물었다. 눈사태를 맞은 집 한 채가 비스듬하게 기울어진 채 자리하고 있었다. 토대에서 벗어나 산기슭까지 내려온 그 집은 묵직하게 내려앉은 구름 밑에서 눈 깜짝할 사이에 뒤집힐 것 같았다. 쌓인 눈을 헤치며 걷던 닐스는 집이 곧 뒤집힐 것이라고 혼잣말처럼 중얼거렸다. 금방 뒤집힐 거야. 얼마 안 남았어. 캄캄한 밤에 집을 본다면, 보통은 그 안에서 자고 있는 사람들을 세상의 모든 위험으로부터 보호하기 위해 집이 그 자리에 있다고 생각할 것이다. 하지만 이 집은 뼈대만 남아 있었다. 그들이 집에 가까이 다가갔을 때, 닐스는 벽 한쪽이 무너진 것을 발견했다. 마치 운석이나 로켓이 북쪽 담벼락에 부딪혀 큰 구멍을 만들어낸 것 같았다. 그 때문에 인형의 집이나 일대일 모형을 보듯 집 내부도 들여다볼 수 있었다. 그 집에 살던 올리나와 말빈 토프트 부부는 여전히 침실에 앉아 있었다. 닐스는 그들을 볼 수 있었다. 하얀 더블 침대는 한쪽 벽을 향해 기울어져 있었다. 노부부는 얼어 죽지 않으려 낡은 담요와 이불을 덮고 앉아 있었다. 움직이지 마세요. 그날 아침 닐스는 그렇게 소리쳤다. 그냥 가만히, 움직이지 말고 앉아 계세요. 부인의 가느다란 흐느낌이 되돌아왔다. 여기서— 꺼내주세요—.

배는 어둠 속에서 파도가 잔잔한 곳을 통과했다. 달라네, 로스퇴위, 스토로크센. 디젤 냄새와 바다 냄새, 녹슨 철 냄새가 났다. 닐스는 나침반 바늘에 시선을 고정하고 두 손은 각각 밸브와 핸들에 얹었다. 그는 가끔 자신이 아직도 살아 있는지 확인하기 위해 팔을 꼬집어 보았다. 그렇다, 그는 여전히 살아 있었다. 그는 여전히 이 세상에 발을 디디고 있었다. 그는 자신의 배를 타고 이곳에 왔다. 그는 크고 작은 섬과 바위, 바다의 물과 소금은 물론, 모든 것의 이전에 여기 있었다. 그는 이곳에 가장 먼저 있었던 존재였다.

마침내 날이 밝았다. 빛이 바뀌었다. 욘은 선실로 들어가 담배를 피우며 기타 줄의 음정을 조율했다. 루나는 가

끔 꾸벅꾸벅 졸았다. 라디오에서는 청취자들이 전화를
해서 요청한 노래들이 흘러나왔다. 시계는 **11시**를 가리
켰다. 어떻게 11시나 되었을까? 그는 피오르에 나와 벌
써 세 시간 넘게 머물렀다. 이 시간이라면 훨씬 더 먼 곳
에 있어야 할 텐데. 우현 쪽에 교회가 눈에 들어왔고 교
회 종소리에 물 표면이 떨렸다. 곧 교회 안에서 예배가
시작될 것이다. 그런데 교회 밖에는 사람이 한 명도 보이
지 않았다.

우리가 어디로 가고 있는지 알고 있나요? 루나가 물었
다.

물론이지. 그가 대답했다.

확실한가요?

아, 그렇다니까.

하지만 그는 확신하지 못했다. 이 여정의 일부만 익숙
했을 뿐, 나머지 부분에 대해서는 다른 사람들과 마찬가
지로 아는 것이 없었다. 그가 아는 것은 오직 그가 기억하
리라는 사실이었다. 그것은 그의 임무였다. 그는 기억할
것이다. 그리고 그는 기억한다. 다른 어떤 것도 생각지 않

고 단지 기억할 뿐이다.

　나이 많은 목사는 그의 첫 번째 승객이었다. 당시 닐스는 고작 열네 살에 불과했고, 그가 소유한 배가 아니었기에 승객들은 돈을 그에게 지불하지 않았다. 자네는 누군가? 목사는 자신을 태우러 온 닐스에게 물었다. 닐스 비크라고 합니다. 내가 이전에도 자네와 함께 피오르를 건넌 적이 있었나? 목사의 질문에 닐스는 그렇지 않으며 오늘은 몸이 불편한 아버지를 대신해 배를 몰고 왔다고 대답했다.

　목사가 지역 내의 서로 다른 두 교회에서 주일예배를 하고 다시 집으로 안전하게 돌아갈 수 있도록 배로 데려다주는 일은 언뜻 쉬운 일처럼 보였지만, 돌아가는 길의 기상 상황으로 인해 어려운 일로 변했다. 닐스는 당장 출발하면 괜찮을 것이라고 말했다. 목사는 그다지 키가 크진 않았지만 몸집이 거대해서 마치 50미터 높이에서 닐스를 찬찬히 살펴보는 것 같았다. 헤엄을 칠 수 있니? 목사가 닐스에게 물었다. 아니요, 저는 수영을 못 합니다. 너는 신을 믿니? 목사가 다시 물었다. 아니요, 믿지 않습니다. 담배를 피우니? 목사가 물었다. 아닙니다, 저는 담배를 피우지 않습니다.

그는 목사가 긴장하고 있다는 것을 알아챘다. 선실에 조용히 앉아 주일 설교를 위해 손으로 쓴 메모에 집중했던 목사는 이제 닐스를 향해 폭포수처럼 말을 쏟아내고 있었다. 그는 성경을 인용하기도 했고, 닐스의 나이를 물었으며 장래에 뱃사람이 되고 싶은지 물었다. 닐스는 잘 모르겠다고 대답하며 배의 시동을 걸었다. 행복한 삶을 사는 뱃사람을 한 사람이라도 알고 있으면 이름을 대보렴. 목사가 말을 이었다. 행복한 뱃사람 같은 건 없단다. 그건 불가능한 일이야.

목사는 닐스가 그들의 발아래에서 일어나는 일에 책임을 진다면 자기는 그 위에서 일어나는 일에 책임을 지겠다고 말했다. 그는 어떤 인간도 세상 속에서 완전히 안전할 수 없으며, 자기 자신으로부터는 더더욱 그렇다고 말했다. 신의 천사가 너를 내게 보냈다고 믿어. 목사가 말했다. 닐스는 가능한 한 말을 적게 하려고 애썼다. 목사가 믿음과 의심에 대해 더 많은 질문을 던질까 봐 두려웠기 때문이었다. 열네 살의 그는 이미 능숙한 뱃사람이었다. 어릴 때부터 배와 함께 자랐다. 그는 물과 바람과 구름과 하늘을 읽는 법을 배웠고, 파도가 어떻게 부서지는지도 알고 있었으며, 항로와 강수량과 부표와 엔진에 대해서도 모르는 것이 없었다. 그는 인간이 바다에서 수천 년을 거쳐오며 경험으로 체득한 것들도 함께 익혔다. 즉, 배에 오르기 전에는 계란을 먹으면 안 된다는 것. 바람을 향해 휘파람을 불거나 노래를 하면 안 된다는 것. 매주 목요일과 8월의 둘째 주 월요일, 그리고 한 해의 마지막 날에는 바다에 나가면 안 된다는 것. 장닭이나 돼지, 제비는 집으로 돌아가는 길을 알기 때문에 이런 동물들의 문신을 하는 것이 좋다는 것. 부두에 가는 길에 빨간 머리 여자를 만나면 그날은 육지에 머무르는 것이 좋다는 것.

닐스는 맞바람 속에서 배를 몰았다. 아버지와 함께 바다에 나갈 때면 그는 아버지의 모든 행동을 유심히 관찰하곤 했다. 그의 아버지는 바람이 잔잔한 날이면 농담을 하고 웃음을 터뜨렸지만, 바다가 거칠어질수록 심각하게 변했다. 균형을 유지하고 바람과 파도와 엔진의 도움을 받아 항로에서 벗어나지 않기 위해 입을 꽉 다물고 결연한 표정으로 배를 몰았다. 닐스는 그 일요일날 바로 그런 사람이 되었다. 그는 자신의 심장 뛰는 소리를 들었고, 열정과 긴장감이 뒤섞인 듯한 느낌과 실제보다 더 나이가 든 것 같은 느낌에 사로잡혔으며, 악천후 속에서 배를 몰 때는 모든 것을 제대로 생각할 수 있는 시간이 없다는 것을 깨달았다. 그의 옆에는 피오르 건너편으로 데려다주어야 할 중요한 사람, 모든 면에서 위대한 사람, 결코 잃어서는 안 되는 사람이 있었다.

닐스 비크의 승객 중 가장 유명한 사람은 누구였을까. 물론, 국무총리였다. 장관도 있었다. 하지만 닐스가 자랑할 수 있었던 유일한 승객은 영화배우 에드워드 G. 로빈슨이었다. 1969년 4월, 한 영화 제작사는 〈송 오브 노르웨이Song of Norway〉라는 영화를 촬영하기 위해 닐스를 고용했고, 닐스는 피오르에 온 그 미국인과 제작 직원 몇 명을 배에 태웠다. 닐스는 그날 항해일지에 이렇게 썼다. *나는 수년 동안 마을 극장에 필름 롤을 배달했으며, 로빈슨 또한 필름 롤의 형태로 내 배에 탑승한 적이 있다고 말하려 했지만 내 영어로는 역부족이었다.* 그는 에드워드 G. 로빈슨의 영화를 여러 편 보았고, 그중에서 특히 〈키 라르고Key Largo〉를 좋아했다. 그것은 그가 오래도록 기억하고 있는 몇 안 되는 영화 중 하나였다. 아마도 그 자신이 페리 운전수였기에 영화 속의 비슷한 환경과 유형에 마음이 끌렸으리라. 어쨌든, 그 영화는 매우 흥미로운 내용을 담고 있었다. 닐스는 가끔 다음 촬영 장소로 가려는 제작 기술자를 기다리는 동안 영화를 보기도 했다.

〈송 오브 노르웨이〉를 볼 때 그는 갑자기 너무나 담배가 피우고 싶어져서 담배를 가지러 배로 내려가는 바람에 영화를 약 4분의 1 정도밖에 보지 못했다. 배에 이른 그는 다시 극장으로 되돌아가지 않았다. 화면에 담긴 풍경은 그의 것이었지만 전혀 알아볼 수 없었다. 그는 항해 일지에 로빈슨에 관해 이렇게 적었다. *꽤 기분 좋은 만남이었다.* 로빈슨은 갑판 위에 서서 피오르의 풍경에 감탄했다. 이 풍경은 지금 어떤 기분일까요? 그의 질문에 한 제작 직원은 장소에도 감정이 있다는 뜻인지 궁금해했다. 물론이죠. 에드워드 로빈슨이 말했다. 당연한 일이에요. 장소와 풍경에는 성별도 있답니다. 닐스는 그가 뚜렷한 자아를 지닌 사람이라고 생각했다.

닐스가 다시는 배에 태우고 싶지 않았던 승객도 있었을까? 물론 있었다. 트뤼그베 스템란. 그렇다, 없진 않았다. 트뤼그베 스템란을 떠올리면 아직도 그의 팔에는 소름이 돋는다. 닐스는 1961년 어느 여름날, 시내 부두에서 트뤼그베 스템란을 태웠다. 스템란은 주말을 맞아 마뢰위섬에서 낚시를 할 계획이라고 했다. 닐스는 그에게 낚시 도구가 없다는 것을 알아챘다. 그는 텐트와 배낭을 가져왔지만 이상하게도 낚싯대는 가져오지 않았던 것이다. 시내로 되돌아가는 배 안에서 그는 이상하리만치 기계적인 목소리로 쉬지 않고 무슨 말인가를 했지만 낚시에 관해선 단 한 마디도 하지 않았다. 심지어는 경기장에서 마법사처럼 드리블하던 동네 축구선수에 관해 이야기할 때도 그의 목소리는 단조롭고 밋밋했다. 닐스는 그가 도시의 삶에서 벗어나 자연 속에서 맑은 공기를 마셔야 할 필요성을 느꼈던 것이 틀림없다고 생각했다. 그도 그럴 것이, 숱이 적어 듬성듬성한 머리카락과 턱수염, 그리고 이마에 흉터가 있는 그의 창백한 얼굴은 전혀 건강해 보이지 않았기 때문이었다.

그로부터 일주일 후, 트뤼그베 스템란은 닐스에게 전화를 걸어 마뢰위섬으로 다시 태워달라고 말했다. 금요일, 경찰 제복을 입은 스템란은 사복을 입은 장난기 가득한 젊은 동료 한 명과 함께 배에 올랐다. 스템란은 지난주에 자신이 백 퍼센트 정직하지 않았던 것은 진행되고 있는 수사 작업에 대한 정보를 흘릴 수 없었기 때문이라고 말했다. 섬 주민으로부터 미켈센 가족이 키우는 개 무리에 대한 불만이 여러 건 접수되었다는 것이었다. 개들 때문에 일상을 유지하기가 힘들다는 내용이 대부분이었다. 그래서 그는 지난 주말에 상황을 조사하기 위해 섬에 갔었다. 스템란은 뼈가 드러날 정도로 야윈 개들이 굶주리고 학대받고 방치된 것처럼 보였다고 말하며, 그런 개들은 타인에게는 물론이고 그 자신들에게도 위협적인 존재가 된다는 결론을 내렸다고 했다. 닐스는 그 섬에 자주 갔음에도 불구하고 단 한 번도 개 무리가 문제가 되었던 적은 없었다고 말했다. 게다가 그가 아는 한, 미켈센 가족은 개들을 매우 좋아했다.

가족들과는 얘기해 보셨나요? 닐스가 물었다.

아니요. 신고를 한 사람은 그들의 이웃이었습니다. 트뤼그베 스템란이 말했다.

하지만 미켈센 가족의 이웃은 현재 그 섬에 살지 않아요. 닐스가 말했다.

섬으로 가는 배 안에서 두 명의 경찰관은 개들을 어떻게 죽일 것이며, 시체는 어떻게 처리할 것인지 의논했다. 그들은 가급적이면 총알 한 발로 즉사시키는 편이 좋다고 말했다. 주저하지도 말고, 기다리지도 말고 그냥 방아쇠를 당겨. 일단 결정을 내렸다면 완벽하고 효율적이며 인도적으로 임무를 수행해야 해. 트뤼그베 스템란은 전쟁 중에 많은 것을 배웠는데, 오랫동안 침착함을 유지하고 집중하는 법도 그중의 하나라고 말했다.

스템란은 정말로 죽이고 싶은 사람을 죽이는 것은 언제나 기분 좋은 일이라고 말했다. 악마 같은 놈이 나타나면 잘됐다고 생각하지. 어쨌든 땅에 널브러질 녀석은 내가 아니라 그놈이니까 더 생각할 필요도 없어. 그저 앞으로 나아가기만 하면 되는 거야.

경찰관 두 명이 갑판에 앉아 햇살을 만끽하고 있을 때,

닐스는 조타실에 있는 그들의 가방을 확인해보았다. 재빨리 지퍼를 열어보니 가방 안에는 윈체스터 소총 두 정과 상당한 양의 탄약이 있었다. 그는 경찰관들이 막아서기 전에 소총을 바닷물에 던지는 것이 가능할지 곰곰이 생각해보았다.

그때 트뤼그베 스템란의 목소리가 들렸다. 그건 매우 조심해서 다뤄야 하는 물건이에요. 그는 문께에 서서 닐스를 보고 있었다. 나는 그 총알이 어떤 결과를 가져오는지 본 적이 있답니다. 총알이 얼굴을 통과해 머리 반대편으로 나오는 매우 특별한 광경이었죠.

두 시간 후, 섬 곳곳에는 죽은 개들의 시체가 즐비했다. 닐스는 두 손으로 귀를 막고 배의 바닥에 주저앉아 있었다. 그들의 총격을 막는 것은 불가능했다. 얼마간의 정적이 흐른 뒤 다시 총소리가 들려왔다. 개들이 울부짖는 소리가 뒤를 따랐고 다시 정적이 흘렀다. 미켈센 가족의 아이가 비명을 지르는 소리를 들었을 때, 닐스는 뭍으로 올라가 그 집으로 향하는 길을 뛰어갔다.

그는 마치 폭발 사고 직후처럼 섬의 농가와 들판 여기

저기에 죽어 널브러진 개들을 보았다. 시체는 동강이 났고, 내장은 자갈 위로 쏟아져 나와 있었다. 잔디 위에는 간, 심장, 폐가 널려 있었다. 손상된 개의 얼굴은 흙먼지로 뒤덮여 있었다. 미켈센 씨의 아이들이 마당을 가로질러 뛰어가더니 동쪽 소나무 숲속으로 사라졌다. 슬프게 울부짖던 두 아이는 닐스를 보지 못했다. 경찰관들은 보이지 않았다. 잠시 후, 섬의 북쪽에서 산발적인 총성이 들려왔다. 닐스는 미켈센 씨의 집 안으로 들어가보았다. 복도에도 개의 시체가 있었다. 바닥과 벽에는 래브라도의 뇌 잔해가 튀어 있었다.

계세요? 닐스가 소리쳤다.

아무런 대답도 들려오지 않았다.

그는 헛간 안, 건초 더미 위, 희미한 어둠 속에 미켈센 부인이 앉아 있는 것을 발견했다. 그녀는 작은 강아지 한 마리를 꼭 껴안고 웅크려 있었다. 미켈센 부인이 손가락 하나를 들어 입술 위로 가져갔다. 닐스는 그녀의 귀에 대고 강아지를 자신의 배로 안전하게 데려가겠다고 나직이 말했다. 그는 강아지를 받기 위해 두 팔을 벌렸다. 미켈센 부인은 내키지 않는 듯 작은 강아지를 건네주었다. 강아지는 낑낑 신음 소리를 내며 그의 손에서 벗어나려고 발버둥 쳤다. 닐스는 강아지가 소리를 내지 않도록 꼭 껴안았다. 강아지 이름은 루나예요. 미켈센 부인이 속삭이듯 말했다. 닐스는 루나를 어르며 있는 힘을 다해 농가와 들판을 가로지르고 오솔길을 뛰어 내려와 배에 올랐다. 그는 강아지를 조타실의 운전석 옆 의자에 앉히고 배를 출발시켰다.

마르타를 다시 만나면 무엇을 하고 싶나요? 루나가 물었다. 글쎄, 꼭 뭘 해야 하나? 닐스가 되물었다. 개는 진심으로 하는 말이냐고 쏘아붙였다. 그럼 아무것도 안 하겠다는 말인가요? 마르타가 보고 싶지 않나요? 마르타 생각은 전혀 하지 않나요? 항해일지에 마르타에 관해 무엇을 썼던가요? 루나는 마르타에 관해 모든 것을 알고 싶어 했다. 이전에도 같은 말을 수천 번이나 들었음에도 불구하고 개는 다시 한 번만 더 얘기해달라고 애원했다.

　그는 모든 것을 기억한다. 하나도 빠짐없이. 아니, 전부는 아니다. 모든 것을 하나도 빠짐없이 기억하는 사람은 없다. 닐스는 적어도 마르타를 처음 봤을 때 머릿속을 스쳤던 생각을 기억한다. 참 좋은 사람 같다고. 모닥불을 등지고 앉아 있던 그녀의 눈동자는 반짝이는 빛과 미소를 머금고 있었다. 나는 당신이 누군지 알아요. 그녀가 말했다. 내가 누군지 안단 말인가요? 그가 되물었다. 네, 당신은 페리 운전수잖아요. 그녀가 말했다. 그런데 나는 당신이 누군지 모르는데 어떡하죠? 그가 말했다. 내가 누군지는 차차 알게 될 거예요. 그녀가 말했다.

그는 그녀가 귀 뒤로 머리를 넘기는 모습에 마음을 빼앗겼다. 손을 머리 위로 올려 머리카락을 뒤로 넘기는 그녀의 움직임을 사랑했다. 다시 만날 수 있을까요? 그날 저녁 그는 그렇게 물었다. 아니요. 그녀는 거절했다. 그건 왜죠? 그는 이유를 알고 싶어 했다. 그럴 수 없을 것 같아요. 그녀가 말했다. 알았어요. 이해합니다. 그가 대답했다.

하지만 그는 이해할 수 없었다. 그녀는 그를 거부하고 다른 마을 청년에게 갔다. 닐스가 하지 축제에 직접 배로 데려다준 청년들 중 한 명이었다. 짧은 머리의 그녀는 빨간 원피스를 입고 청년의 품에서 날아다녔다. 마르타와 마을 청년은 춤을 추며 그를 지나쳤고 숲속으로 사라져 보이지 않았다. 그날 밤 이후 그는 그녀를 찾아 헤맸다.

그녀는 불과 며칠 전만 하더라도 존재하지 않았는데, 어느 날 갑자기 모든 곳에서 존재하는 동시에 그 어디에서도 찾아볼 수 없는 사람이 되었다. 그는 사람들을 배로 실어 나를 때 그녀를 찾으려 두리번거렸고, 신문과 우편물을 배달할 때도 주위를 둘러보았다. 그가 아는 것이라곤 그녀의 이름이 마르타라는 것과 피오르 건너편 노르드레폴렌 근처의 어딘가에 살고 있다는 것뿐이었다. 그는 어떻게 하면 그녀를 볼 수 있을지 알 수 없었다. *이건 너무나 어리석은 일이다.* 그는 일지에 그렇게 적었다. *우리는 쉽게 건널 수 있는 깊은 소금물을 사이에 두고 떨어져 있을 뿐이다.* 어느 날 그는 배를 정박시키고 그녀의 집이 있다고 생각되는 방향으로 발을 옮겼다. 두세 발자국을 떼었을까. 갑자기 용기가 사라졌다. 그는 제자리에 가만히 서서 이제 그의 삶은 저 집 안에, 저 대문 너머에, 마르타라는 이름을 가진 소녀의 삶 속에 자리를 잡았다고 생각했다.

1950년 8월의 어느 날 저녁, 그녀가 자전거를 타고 왔다. 그는 창문 너머 자갈길로 자전거를 타고 오는 사람이 누구인지 대번에 알 수 있었다. 곧 그녀는 바위 뒤로 모습을 감추었고 아무 일도 일어나지 않았다. 그는 기다렸다. 설마 그녀가 자전거를 타고 되돌아가는 모습을 그가 놓친 것은 아닐까? 얼른 신발을 신고 나가 그녀를 쫓아가야 할까? 다시 그녀의 모습이 눈에 들어왔다. 그의 집 정원 쪽으로 천천히 자전거를 끌며 걸어오고 있었다. 얼마 후, 대문을 두드리는 소리가 들렸다. 그는 시간을 들여 머리에 포마드를 바르고 완벽하게 머리를 빗은 뒤 대문을 열었다. 인사를 건넨 그녀는 자전거의 뒷바퀴를 수리해줄 수 있냐고 물었다. 그녀는 자전거 바퀴에 펑크가 났고, 닐스 비크라면 쉽게 고쳐줄 것이라는 마을 사람들의 말을 듣고 왔다고 했다.

그는 그녀의 자전거를 지하실로 가져갔다. 스비툰 브랜드의 녹색 자전거였고, 뒷바퀴에 치맛자락이 끼는 것을 방지하기 위한 망이 장착되어 있었다. 닐스는 장비를 꺼냈고 그녀는 의자에 앉아 그를 지켜보았다.

피오르는 어떻게 건너왔나요? 그가 물었다.

자전거를 타고 왔어요.

자전거를 타고 피오르를 건너왔다고요?

네.

집에는 어떻게 돌아갈 생각인가요?

다시 자전거를 타고 가야겠죠.

마르타는 정원에서 바퀴를 시험해보려 자전거에 올랐다. 그의 지하실엔 다행히도 사용하지 않는 펌프가 하나 있었다. 탈래요? 그녀가 그의 바로 앞에서 브레이크를 밟으며 소리쳤다. 이제 내가 할 일은 다 했어요. 닐스가 말했다. 8월의 그 저녁, 닐스는 그녀의 자전거를 배의 갑판 위에 세워놓고 그녀를 피오르 건너편까지 데려다주었다. 그녀는 그가 자기를 찾아다녔다는 소문을 들었다고 말했다. 그는 아무 의미 없는 일이었다고 말했다. 그녀는 심지어 자신의 대문 앞 계단에 서 있는 그를 본 적도 있다고 말했다. 그는 그렇다고 해도 크게 신경 쓸 일은 아니라고 했다. 그녀는 그가 무슨 일로 거기까지 찾아왔는지 이해할 수 없다고 말했다. 그는 피오르에서는 해야 할 일이 매우 많다고 대답했다.

좋을 것 같아요. 배가 피오르 건너편에 닿았을 때 그녀가 말했다.

뭐가요? 그가 물었다.

참 좋을 것 같다는 생각이 들어요.

뭐가 참 좋을 것 같다는 말인가요?

당신이 항상 생각해왔던 것 말이에요.

그로부터 1년도 채 지나지 않아 그는 그녀에게 청혼을 했다. 그로부터 1년도 채 지나지 않아 그녀는 그의 청혼을 받아들였다. 그녀는 그날 자전거 바퀴에 펑크를 냈던 사람이 바로 자신이라는 사실을 평생 부인했다.

마르타의 장례식이 끝난 후 닐스는 배로 내려갔다. 일주일 동안 그의 집을 가득 채웠던 사람들은 모두 각자의 삶으로 되돌아갔다. 그의 딸들도 마찬가지였다. 딸들은 며칠 더 머물까 물었지만, 그는 시간을 더 빼앗고 싶지 않다며 만류했다. 사람이 없는 집 안의 한기는 방으로, 그의 몸속으로 번졌다. 이제 더 이상 침대에 함께 누울 마르타가 없으니 한기가 뼛속까지 파고드는 것 같았다. 이제는 쌀쌀한 저녁이 되어도 그녀의 목소리를 들을 수 없었다.

닐스, 기다리고 있잖아요. 얼른 올라와서 몸을 녹여요! 마르타가 떠난 후, 그는 가끔 침대 위에서 그녀가 자던 쪽으로 몸을 굴려보기도 했다. 단지 그녀가 거기 누워 있는지 확인하기 위해서였다. 그는 마르타가 세상을 떠난 뒤에도 침대 옆 스탠드를 끄며 나직이 중얼거렸다. *잘 자요, 내 사랑, 좋은 꿈 꿔요.* 마르타가 자던 쪽을 향해 속삭였지만 거기서는 아무런 대답도 돌아오지 않았다.

마르타가 떠난 뒤의 삶. 그는 술병을 들고 배에 앉아 줄담배를 피웠다. 매일 아침, 그는 양동이에 구토를 했다. 차갑게 젖은 수건으로 얼굴에 흐르는 땀을 닦았다. 매일 저녁, 그는 떨리는 몸으로 선실의 침대에 기어올랐다. 어느 날, 이웃집 여인이 와서 그를 깨웠다. 크로케비크 부인은 그에게 괜찮냐고 물었다. 음식은 먹었나요? 제가 도와드릴 일은 없을까요? 그는 화를 내며 부인을 쫓아냈다고 생각했지만 확실한 기억은 아니었다. 며칠 후 부인에게 사과한 것만은 분명했다. 그는 단지 배 안에서 홀로 있고 싶었다.

어느 이른 아침, 그는 빈집으로 올라갔다. 집 안이 환하면 부재의 느낌이 더 커질까 봐 일부러 불을 켜지 않았다. 적어도 지금은 집이 어둠으로 가득 차 있었다. 날이 밝자 그는 긴 턱수염을 가위로 잘라내고 면도 크림을 펴 바른 후 깔끔하게 면도를 했다.

그는 방마다 돌아다니며 장례식에 사용되었던 꽃을 모아 쓰레기통에 버렸다. 그런 다음 침실로 들어가 마르타의 침대 옆 테이블에서 수첩을 집어 들었다. 그녀가 말을 할 수 없게 된 뒤에 짤막한 말들을 썼던 수첩이었다. 그는 몇 페이지를 찢어서 자신의 침대 옆 테이블 서랍에 넣고, 나머지는 벽난로에 넣어 태웠다. 그는 그녀가 죽기 전 도서관에서 대여해서 반쯤 읽었던 책, 『어둠이 오기 전의 여름』을 몇 장 읽었다. 마르타는 손에 들어온 책이란 책은 모두 다 읽었다. 심지어는 싫어하는 책도 끝까지 다 읽었다. 그녀는 책을 읽는 것이 자신만의 사생활이라고 말했다. 그는 그녀가 남긴 얼마 되지 않는 장신구들을 작은 상자에 담아 나중에 딸들이 살펴볼 수 있도록 거실 선반 위에 올려놓았다. 그는 옷장을 열고 그녀의 치마와 바지, 블라우스와 속옷을 보았다. 옷을 얼굴에 가까이 가져가지 않고서도 마르타의 향기를 맡을 수 있었다.

빨아줄까요? 그들이 처음으로 잠자리를 같이했을 때 마르타는 그렇게 물었다. 그녀는 마치 누군가에게 그렇게 물어보는 것이 이 세상에서 가장 자연스럽고 논리적인 일인 것처럼 아주 조용하고 차분하게 말했다. 어쩌면 바로 그 때문에 그가 아직도 그 순간을 기억하고 있는지도 모른다. 무언가를 너무나 솔직하게, 그토록 아름답고도 현실적으로 말하는 일이 충분히 가능하다는 것을 깨달았던 것이다. 거기에는 욕망에 사로잡히거나 자신의 욕망을 거리낌 없이 표현하는 것을 전혀 두려워하지 않는 한 사람이 있었다. 한 차례 격정의 물결이 휘몰아친 후, 그녀가 그를 바라보았다. *이제 당신 차례예요, 닐스.* 그는 지금껏 살아오면서 그녀를 사랑하지 않는다고 느끼거나, 그녀가 자신을 정말로 사랑하는지 의심했던 적이 단 한 번도 없었다. 가끔 그는 라디오에서 사람들이 짝사랑의 슬픔이나 쓰라린 경험을 말하는 것을 들을 때도 있었다. 그럴 때면 그는 마르타가 있는 방으로 가서 가만히 그녀를 바라보았다. *뭘 그렇게 보고 있어요, 닐스 비크*

씨? 나는 당신을 보고 있어요, 마르타 헤우겐 비크 씨. 당장 꺼지세요, 닐스 비크 씨.

그는 이미 오래전에 청소를 했었어야 했다. 그는 청소라는 것이 일종의 발굴 작업, 지난 시간과 삶을 천천히 발견하는 작업, 남겨진 모든 이들이 거쳐 가야 할 작업이라는 것을 알고 있었다. 이 작업을 한다 해도 결국엔 마르타가 곁에 없다는 사실만 깨닫게 될 뿐이라는 것을 잘 알고 있던 그가 마지막으로 꺼낸 물건은 그녀의 검은 웨딩드레스였다. 그것을 손에 쥔 그는 단말마 같은 기침을 하기 시작했고 급기야 온몸에 힘이 쭉 빠지는 것 같은 느낌과 함께 침대 위에 토했다. 마르타는 그 드레스를 너무나 갖고 싶어 했다. 4월의 어느 날 그들은 함께 시내를 걸었고, 마르타는 한 가게 진열창에서 그 드레스를 보았다.

결혼식에는 하얀 드레스를 입어야 하지 않나요? 그가 물었다.

난 이게 좋아요. 그녀가 답했다.

닐스 비크의 배를 타고 그 중요한 날을 맞이한 커플은 누가 있었을까? 그 수는 적지 않았다. 아스트리드 네스와 페데르 우트베르는 1958년 6월, 그의 일지에 적힌 대로 *햇살이 쨍쨍하게 내리쬐는 날* 결혼식을 올렸다. 그들은 비오트베이트의 한 농가를 구입했고 그곳에서 살며 세 명의 자녀를 낳았으며, 그중 막내는 드럼 연주자가 되었다. 닐스는 그 막내가 뉴욕으로 떠났고 그곳에서 스타가 되었다는 기사를 신문에서 읽은 적이 있었다. 시르스티 레이세테르와 얀 비벨리드도 그의 배에 탔던 커플이었다. 두 사람은 1961년 성탄절 무렵에 결혼했다. 그들은 원래 비카의 한 교회에서 결혼식을 올릴 예정이었으나, 나이 많은 목사는 그들이 *너무 일찍 잠자리를 함께했다*

라는 이유를 들어 주례를 거부했다. 그래서 닐스는 두 사람을 배에 태워 지방법원 판사에게 데려다주었다. 아니나 다를까, 하얀 드레스 아래로 불록 나온 신부의 배를 볼 수 있었다. 의심의 여지가 없었다. 또 누가 더 있을까? 요한나 야콥스도테르와 할도르 비크네 커플도 있었다. 신랑의 얼굴 한쪽과 목 아래에는 심한 화상 자국이 있었다. 할도르는 끓는 물을 덮어쓰는 사고를 당했다. 피오르에 사는 사람들은 할도르가 평생 결혼을 못 할 것이라고 믿었지만, 그들의 예상은 빗나갔다. 할도르의 아내는 화상으로 인한 상처는 단지 외적인 면일 뿐, 자신은 거기에 대해 전혀 신경 쓰지 않는다고 말했다.

마르기트 에스페와 크누트 하브레는 1968년에 결혼했고, 그로부터 몇 년 후 크누트는 AG-3 소총을 사용해 스스로 목숨을 끊었다. 그들 부부에게는 아들 두 명과 딸 한 명이 있었다. 또 누가 더 있을까? 그렇다, 안네 뢰위라네와 스베이눙 그라비오르는 1957년 7월에 결혼했다. 닐스는 그날 일지에 이렇게 적었다. *두 사람은 매우 잘 어울린다. 마치 한 껍질 속에 들어 있는 두 알의 완두콩 같다.* 그

외에 더 있었던가? 아, 시그리드 에스페란과 잉게레이브 로테도 있다. 정장 재단사인 아내와 음악가인 남편으로 이루어진 특별한 커플이었다. 닐스는 그들이 덴마크로 갔다는 것 외에는 아는 것이 없었다.

그는 올레 오페달과 결혼한 브리타 셸도스를 배에 태운 적도 있었다. 1969년 7월 21일이었다. 그가 아직도 날짜를 기억하고 있는 까닭은 그날이 바로 미국인들이 달에 착륙한 날이었기 때문이다. 그는 크비트노 교회에서 그들 부부를 태웠고 미국인들이 달에 착륙하는 동안 피오르를 건너갔다가 다시 크비트노 교회로 돌아왔다.

그가 결혼식 때 입었던 양복은 아직도 말없이 인내심을 발휘하며 옷장에 걸려 있다. 짙은 푸른색의 그 양복은 그의 처음이자 마지막 양복이었다. 그것은 촘촘하게 바느질된 면 양복으로, 다른 옷들과는 달리 결코 썩어 문드러지거나 변질되지 않았다. 닐스는 중요하거나 특별한 날에 그 양복을 꺼내 입곤 했다. 그는 오늘 아침 그 양복을 꺼내 입을까 생각했지만 곧 마음을 바꾸었다. 그는 마지막 날을 멋지게 꾸민 채 보내고 싶지 않았다.

1951년 4월 어느 날, 그는 거울 앞에 서서 옷을 차려입고 포마드를 적당하게 발라 머리카락을 뒤로 빗어 넘겼다. 그는 양복 상의의 단춧구멍에 꽃 한 송이를 꽂았다. 기억이 맞다면 그 꽃은 수선화가 틀림없었다. 그들은 배를 타고 지방법원 판사에게 갔다. 마르타는 여동생을, 닐스는 남동생을 각각 증인으로 선택했다. 두 사람은 기쁜 날이나 슬픈 날이나 평생을 함께하겠다고 약속하며 입을 맞춘 뒤, 보슬비를 맞으며 배를 타고 다시 집으로 돌아갔다. 밤이 되자, 그는 양복을 벗어 옷장 안에 잘 걸어두고 침대에 있는 아내에게로 다가갔다. 그는 그녀의 두 팔을 들어 올리고 머리 위로 웨딩드레스를 끌어당겨서 벗겼다. 그는 그녀의 몸이 자신의 몸에 닿아오는 것을 느꼈다. 두 사람의 입술이 마주쳤다. 그는 그녀의 목과, 그녀의 등과, 그녀의 엉덩이를 애무했고, 그녀는 그의 손을 잡아 자신의 두 다리 사이에 집어넣었다. *내 남편.* 그녀가 나직이 말했다.

그의 옷 중에서 유일하게 사치스럽다고 할 수 있는 것

은 트위드 코트 한 벌뿐이었다. 12월의 어느 쌀쌀한 날에 두 사람이 함께 시내를 산책하던 중, 마르타가 한눈에 반해 구입한 것이었다. 그녀는 닐스가 그 코트를 입으면 영화배우처럼 보인다고 말했다. 그녀는 닐스를 위해 양말과 셔츠를 곧잘 구입했고, 크리스마스와 생일날 선물로 주곤 했다. 그는 피오르에 나갈 때는 지금처럼 점퍼와 회색이나 갈색 같은 어두운색의 바지, 목이 긴 모직 스웨터 차림에 긴 장화를 신었다. 날씨가 좋지 않을 때는 비옷을 입었으며, 날이 추울 때는 스타킹을 껴입었다. 스타킹은 날이 추울 때면 생명의 은인이 되어준다. 그는 여자들만 스타킹을 신던 그 시절에도 스타킹을 신었다.

그는 날씨가 자신의 옷차림에 맞춰주기만 한다면 살아남을 수 있을 것이라고 생각했다. 온몸의 뼈 206개가 모두 얼어붙을 정도로 차가운 바람이 그의 바짓가랑이 속으로 새어 들어오는 날도 있었다. 뭍에 오르지 못해 같은 옷차림으로 며칠을 지내야 하는 날도 있었다. 이 세상에는 청결과 좋은 향기보다 더 중요한 것도 있다. 그럴 때면, 그는 승객들에게 자신의 속옷이 너무나 더러워 불알이 썩을지도 모른다고 말하며 멀리 떨어져 있으라고 경고했다. 그는 자신이 전립선에 문제가 있는 노인이 아니라서 참으로 다행이라고 생각했다. 전립선에 문제가 있으면 배가 파도에 심하게 흔들릴 때 방광을 비우기가 쉽지 않을 것이다. 그는 어쨌거나 전립선은 절대 우스갯소리로 넘길 문제가 아니라고 굳게 믿었다.

셸리아에 이른 닐스는 옌스 헤우게를 찾아 두리번거렸
다. 그는 옌스가 채비를 하고 보트 창고 옆에서 기다리고
있을 것이라 확신했다. 시계를 보고 다시 밖을 내다보았
다. 옌스의 집은 피오르 옆에 자리한 거뭇거뭇한 숲속에
숨은 듯 잘 보이지 않았다. 옌스도 보이지 않았다. 4월의
그날 이후 얼마나 자주 옌스를 태웠던가? 1966년이었을
까? 1967년? 아니, 1966년일 게다. 비가 주룩주룩 내리던
날이었다. 우산을 써야 할 정도의 비. 한 남자가 가장 좋
은 양복을 입고, 조끼 주머니에 회중시계를 넣고, 바지를
높이 끌어 올려 입고, 고급 셔츠를 입고, 탈모를 숨길 중
절모를 쓰고 근사하게 꾸밀 수는 있을 정도의 비.

　그날은 토요일이었고, 옌스 헤우게는 시내로 가는 내

내 모든 질문에 한마디로 대답했다. 네. 아니요. 글쎄요. 그렇습니다. 좋아요.

참 멋있어요. 닐스 비크가 말했다.

감사합니다. 옌스 헤우게가 말했다.

닐스는 그가 중요한 볼일 때문에 시내에 간다는 것 외에는 아무것도 알아내지 못했다. 그것이 전부였다. 시내의 중요한 볼일. 돌아오는 길에 옌스 헤우게의 얼굴은 시내로 갈 때와 마찬가지로 얼굴을 뒤덮은 붉은 수염만큼 발갛게 달아올라 있었고 평정을 찾지 못하는 것 같았다. 닐스는 그에게 무슨 일이 있었는지 이야기해 줄 수 있냐고 물었다. 옌스 헤우게는 그럴 마음이 없었다. 그는 앞만 뚫어지게 바라보며 마음을 가라앉히려는 듯 줄곧 심호흡을 했다. 다음 주 토요일에도 이 일이 반복되었다. 옌스 헤우게는 닐스에게 전화를 걸어 시내로 갈 수 있냐고 물었다. 다시 비. 다시 우산. 다시 근사한 옷차림. 다시 한마디로 이어지는 대답. 새로운 볼일.

혹시 종교를 가지고 있나요? 닐스 비크가 물었다.

아니요. 옌스 헤우게가 대답했다.

혹시 알코올의존증인가요?

아니요.

화나는 일이 있었나요?

아니요. 아닙니다.

세 번째 토요일날 다시 시내로 가는 길, 옌스 헤우게는 지갑에서 작은 신문 조각 하나를 끄집어냈다. 그는 그것을 닐스 비크에게 건네주고는 발밑만 뚫어지게 내려다보았다. 신문 조각에는 이렇게 적혀 있었다. *농부, 44세, 결혼할 사람 구함.* 잠시 후, 옌스가 고개를 들었다.

웃지 마세요. 그가 말했다.

내가 웃었던가요? 닐스가 되물었다.

아니요, 하지만 당신이 웃고 싶어 하는 것이 다 보여요.

그건 맞아요, 하지만 내가 웃었나요?

나는 당신이 속으로 웃고 있다고 확신해요.

옌스 헤우게는 사람들의 웃음거리가 될까 봐 시내로 가는 용무를 밝히고 싶지 않았다고 말했다. 그의 사생활이 알려지게 되면, 동서쪽을 막론하고 피오르 해안가를 따라 웃음이 번져 나갈 것이 분명했다. 피오르의 서쪽 동네는 특히 더 그럴 것이다. 그곳 사람들은 영 별로였다.

나를 도와줄 수 있나요? 옌스 헤우게가 물었다.

내가요?

네, 당신은 행복한 결혼 생활을 하고 있잖아요.

내가 행복한 결혼 생활을 하고 있다는 것을 어떻게 아시나요?

딱 보면 알 수 있어요.

당신 눈에는 내가 행복한 결혼 생활을 하는 사람으로 보이나요?

네, 남자가 행복한 결혼 생활을 하고 있는지 또는 그렇지 않은지를 알아보는 것은 얼마든지 가능합니다. 나는 먼 곳에서도 한눈에 알 수 있어요. 그런데 사랑이 넘치는 삶을 사는 사람들은 사랑 없이 사는 것이 얼마나 어려운지 몰라요. 행복한 사람들은 다른 사람의 불행을 이해할 수 없답니다.

옌스 헤우게는 섬의 가파른 언덕에 자리한 작은 땅에서 사과나무 몇 그루와 양 몇 마리와 함께 지내다 보면 스스로를 보호해야 할 필요성을 느끼게 된다고 말했다. 그는 아내와 자녀를 얻는 것이 유일한 해결책이라는 결론에 도달했다. 매우 단순한 논리였다. 그가 삶을 버텨내기 위해선 딱 한 사람이 모자랐던 것이다. 삶의 보호막을 만들려면 혼자로는 부족하다. 가족을 구성하기 위해서는 적어도 두 사람이 필요하다.

닐스는 일지에 이렇게 썼다. *도시의 이상한 드라마. 매주 토요일, 시내의 보겐 카페에서 일어나는 일.* 닐스는 옌스 헤우게가 데이트를 하는 동안 그의 옆 테이블에 앉는 것에 동의했다. 닐스는 커피를 마시고 케이크를 먹으며 옌스와 후보자들을 관찰한 뒤, 집으로 돌아가는 배 안에서 어떻게 행동하고 말을 해야 하는지 옌스에게 조언을 해주기로 했다.

나는 나보다 더 나은 사람을 원하지 않아요. 옌스가 말했다.

내 말을 들어봐요. 남자들은 항상 자기 자신에게 무엇이 최선인지 잘 모른답니다. 닐스가 말했다.

나는 내가 다듬어주어 빛을 발할 수 있는 원석 같은 사람을 원해요. 무슨 말인지 이해하시나요?

아니요, 당신이 원하는 건 그게 아니에요, 옌스.

그렇다면 내가 원하는 것은 무엇인가요? 나는 적어도 함께 웃을 수 있는 사람을 원해요.

하지만 당신 스스로도 잘 웃지 않잖아요.

당신은 나를 잘 몰라요. 나는 꽤 많이 웃는답니다.

나는 당신이 웃는 모습을 한 번도 본 적이 없어요.

나는 단지 함께 웃을 수 있는 사람을 원할 뿐이에요.

어떤 여자는 약속 시간에 맞추어 왔고, 어떤 여자는 꽤 늦게 도착했다. 어떤 여자는 옷을 잘 차려입고 치장을 한 채 왔고, 어떤 여자는 아무렇게나 옷을 입고 피곤에 지친 모습으로 왔다. 대부분의 여자들은 긴장한 기색이 역력했고 그 자리를 불편해하는 것 같았다. 그들은 모자와 코트를 벗지 않은 채 자리에 앉아 커피를 마시고 테이블 위에 놓인 케이크를 먹는 둥 마는 둥 했다. 옌스는 그들 앞에서 더욱 긴장하고 불안해했다. 어떤 여자들은 매우 소란스럽게 카페에 들어왔다. 옌스와 닐스는 그들이 천박해 보이며 더는 만날 필요가 없다는 데 의견을 같이했다. 종종 테이블에서의 대화는 할 말을 더 찾을 수 없어 너무나 빨리 끊어졌고 그럴 때면 옌스는 어쩔 줄 몰라 했다. 가끔 그는 계곡에 갇혀 오도 가도 못했던 양에 대해 지나치게 자세히 설명하거나, 전구를 갈다가 의자에서 떨어져 두개골이 둘로 갈라진 채 죽음을 맞이했던 아버지의 이야기를 하는 등, 그 어떤 여자도 매력을 느끼지 못하는 이야기를 늘어놓기도 했다.

당신은 상대방에게 관심을 보여야 해요. 닐스가 말했다. 다른 이들의 관심을 갈망하지 않는 사람은 없기 때문이죠.

그는 옌스 헤우게에게 중절모를 벗으라고 조언했다. 그 조언의 결과는 약간의 반발과 함께 초승달 모양의 민머리로 돌아왔다.

당신의 솔직한 모습을 보여줘야 해요. 그들도 당신이 어떤 사람인지 알아야 하니까요. 닐스가 말했다.

옌스 헤우게는 마지못해 닐스의 조언을 따랐다. 그는 중절모를 테이블 위에 내려놓고, 여자들에게 자신과의 공통점은 무엇이 있는지 또는 농사 경험이 있는지 알아보려 관심 어린 질문을 던졌다. 닐스는 수산시장과 피오르가 보이는 보겐 카페의 창가 테이블에 앉아 옆자리의 두 남녀가 대화를 통해 서로의 매듭을 풀고 핵심에 도달하려 노력하는 걸 들으며 만족해했다.

그리고 그 일이 일어났다. 그렇다. 근사한 양복 차림 너머로 옌스 헤우게라는 사람이 보이기 시작했다. 그는 매주 토요일 보겐 카페의 같은 자리에 앉았는데, 시간이 지날수록 좀 더 안정되고, 바람직하며, 매력적인 그의 모습이 드러나기 시작했다. 닐스는 그에게 무언가 견고하고 굳건한 것이 내재하고 있다는 것을 알아차렸다. 옌스 헤우게는 이제 충분히 여자들의 눈길을 끌 만한 사람이 되어가고 있었다. 그러던 어느 8월의 토요일, 서른세 살의 미용사 케이틀린 키건이 카페 안으로 들어왔다. 아일랜드인 부모에게서 태어난 그녀는 옌스 헤우게의 눈을 똑바로 바라보았고, 그도 용기를 내어 그녀의 시선을 피하지 않았다. 닐스는 그날 일지에 이렇게 썼다. *흔들리지 않는 그의 새로운 면을 발견했다.* 참으로 안타까운 일이에요. 닐스는 그날 집으로 돌아가는 배 안에서 말문을 열었다. 이대로 탈모가 계속된다면 당신은 곧 대머리가 될 것이고, 그러면 그녀는 당신의 머리를 잘라주는 기쁨을

누릴 수 없을 테니까요. 옌스 헤우게는 고개를 저으며 바닥을 내려다보았다. 그러면 턱수염을 다듬어달라고 하죠, 뭐.

케이틀린은 셀리아로 와서 그의 집과 농장을 둘러보기로 했다. 옌스 헤우게는 집 안 여기저기를 쓸고 닦으며 광을 냈고, 마당의 잔디는 두 번이나 깎았으며, 양털도 깎아 손질했고, 숲 기슭의 전나무를 베어 집 안에 더 많은 햇살이 들어올 수 있도록 했다. 그는 창문을 닦고 침구를 갈고 방이란 방은 모두 깨끗하게 청소했다. 옌스는 화창하고 기분 좋은 9월의 하루를 기대했지만, 막상 그가 시내에서 케이틀린을 데려오기 위해 배에 오르자 피오르는 회색으로 변했다. 산기슭과 길도 회색빛을 머금었다. 집, 말, 헛간, 보트 창고, 트랙터. 모든 것이 회색으로 변했고, 모든 것이 비에 젖어버렸다. 행복과 행운이라곤 찾아볼 수 없었다. 비는 폭포수처럼 쏟아져 내렸고, 수면과 배 위에는 세찬 빗줄기가 날카로운 못처럼 떨어졌다.

일이 잘못될 것이 틀림없어요. 옌스 헤우게는 조타실

에 앉아 밖을 바라보며 말했다. 세상에 이런 일이 생기다니. 이런 날씨에 과연 내가 기회를 잡을 수 있을까요? 누가 이런 무채색의 풍경 속에서 살고 싶어 할까요? 이런 날에는 나조차도 여기서 살고 싶지 않다고요! 하지만 케이틀린 키건은 온몸이 흠뻑 젖은 채로도 미소 띤 얼굴로 시내 선착장에서 그를 기다렸다. 그녀는 배에 올라 닐스에게 인사를 건넨 후 열정적이고 생기발랄하게 옌스를 껴안았다. 섬으로 돌아가는 길에 두 사람은 선실에 함께 앉아 새롭고 즐거운 긴장감 속에서 대화를 나누었다. 닐스는 옌스의 우산 아래 두 사람이 나란히 걸어 집 안으로 들어가는 모습을 갑판 위에서 지켜보았다.

다음 날 아침, 닐스는 미용실에서 오후 근무를 할 예정이었던 케이틀린을 시내에 데려다주기 위해 셀리아로 갔다. 약속한 대로 오전 9시에 부두에 배를 정박시킨 닐스는 전날의 상황이 어땠는지 듣고 싶었다. 날씨는 지난밤 자정이 조금 지나 바뀌기 시작했고 아침이 되자 화창하게 맑아졌다. 간밤에 닐스는 대문 앞 계단 위에 서서 하늘의 별들이 산등성이 너머로 사라지는 것을 보았었다. 시계는 9시 10분을 가리켰다. 시간이 흘러 9시 15분이 되었고, 9시 30분, 9시 35분이 되었다. 닐스는 약속 시간을 잘못 알고 있었거나 그가 오해했을지도 모른다는 생각에 섬에 올라 비좁은 자갈길을 걷기 시작했다. 대문 앞 계단에 이른 그는 대문을 두드리기 전에 잠시 멈춰 섰다. 부엌 창문 틈새로 목소리가 새어 나왔다. 두 사람이 집 안에서 대화를 나누고 있었다. 닐스는 그날 처음으로 옌스 헤우게의 웃음소리를 들었다.

엔스 헤우게가 셀리아의 부두로 다가가는 배를 향해 천천히 고개를 돌렸다. 그는 창백하고, 수척했으며 피부는 마치 금방이라도 녹아 사라질 것처럼 회색빛을 띠고 있었다. 그가 죽었다는 사실에는 의심의 여지가 없었지만, 엔스는 배를 정박시키는 닐스에게 미소를 건넸다. 그가 배에 올라 오른손을 쭉 뻗었다. 닐스도 그를 따라 오른손을 쭉 뻗었다.

오랜만이에요. 엔스가 말했다.

그래요. 그간 어떻게 지냈나요? 닐스가 말했다.

그럭저럭. 불평할 일은 없어요. 당신도 보다시피 그녀가 내 머리를 완전히 밀어버렸어요.

엔스는 손을 올려 매끈한 정수리를 만졌다.

그건 그렇고, 당신은 어떻게 죽었나요?

옌스는 웃음을 터뜨리며 살아 있을 때와 마찬가지로 농가에서 죽었다고 대답했다.

나는 두 팔을 뻗은 채 앞으로 고꾸라져서 흙에 얼굴을 파묻었어요. 나는 아직도 거기 누워 있었던 것을 기억해요. 그때 내가 죽었다는 것을 깨달았답니다. 참으로 이상했어요. 살아 있다는 것을 깨닫는 일과 거의 비슷했거든요. 달팽이 한 마리가 나의 왼쪽 팔 위로 기어 올라왔어요. 달팽이를 바라보며 나는 최선을 다해서 살았고 후회는 없다고 생각했어요.

정말 나와 함께 갈 마음이 있나요?

그럼요. 나는 지금 평화를 누리고 있어요. 케이틀린과 아이들은 저기 있고, 앞으로도 계속 잘 살아갈 거예요.

옌스는 다시 닐스의 손을 잡으며 지금까지 너무나 오래 기다렸기에 지쳤으며 잠시 앉아 쉬고 싶다고 말했다. 닐스는 고개를 끄덕이며 옌스를 선실로 보냈다. 시간은 거의 12시가 되었다. 배는 바다에 둥둥 떠 있는 기름 자국과 플라스틱 병, 나무의 잔해와 과거를 가르며 앞으로 나아갔다. 몸은 몸과 섞이고, 목소리는 낮은 외침과 뒤섞였다. 루나는 닐스를 보며 마르타가 세상을 떠난 뒤 사귀었던 여자가 있었는지 물었다. 그는 그런 적이 없다고 대답했다.

얼마든지 여자를 사귈 수 있었을 텐데요. 당신은 여자들에게 인기가 많잖아요.

닐스는 그렇지 않다고 반발했다.

나는 다 봤어요! 루나가 말했다. 여자들은 당신이 무슨 말을 하든 웃음을 터뜨리더군요.

하지만 그들은 내 애인이 아니잖아.

루나는 여자들이 자작나무처럼 아름답고 특별한 존재라고 말했다. 개는 잠시 조용히 누워 있다가, 자신이 죽은 후에 닐스가 또 다른 반려견과 함께 산 적이 있었는지 물었다.

아냐, 그런 적은 없어.

정말인가요?

그건 확실하게 장담할 수 있단다.

루나는 한 바퀴 몸을 굴렸다.

다른 개와 함께 살아도 되었을 텐데 말이죠. 설사 그랬다 하더라도 나는 기분 나빠 하지 않았을 거예요. 정말이에요. 크게 신경 쓸 일은 아니라고 생각하거든요.

그는 진작에 알았어야 했다. 그녀가 서 있는 모습과 앞을 바라보는 눈동자, 그리고 그녀의 입에서 풍기는 술 냄새로 얼마든지 짐작할 수 있었던 일이었다. 그는 그녀의 부탁을 거절했어야 했다. 다른 약속이 있다고 둘러댔어야 했다. 1961년 7월의 어느 날 저녁, 그가 일지에 썼던 글은 그다지 길지 않았다. *자정의 항해. 남쪽에서 불어오는 산들바람. 영상 20도.* 그와 마르타는 이미 잠자리에 든 뒤였다. 문득 대문 앞 자갈길에서 자동차가 끼익 소리를 내며 급정거하는 소리, 자동차 문이 쾅 닫히는 소리, 엔진이 공회전하는 소리가 들려오더니, 곧 다시 조용해졌다. 잠시 후 누군가가 대문을 두드렸다. 대문 밖에는 도지사의 아내가 서 있었다. 그들 가족은 피오르 안쪽으로 깊숙이 들어간 곳에 여름 별장을 소유하고 있었다. 그녀는 닐스가 지금 당장 피오르 건너편으로 배를 태워준다면 그

사례는 두둑하게 지불하겠다고 말했다.

그는 진작에 알았어야 했다. 하지만 마르타는 돈이 필요하다고 중얼거렸다. 그들은 항상 돈이 필요했다. 언제나 돈 문제에서 자유롭지 못했던 것이다. 그렇다고 해서 그들이 빈털터리였다는 말은 아니다. 아니 솔직히 가끔 빈털터리였을 때도 있었다. 그들에겐 내다 팔 물건이 없었다. 그들에게도 다른 사람들처럼 과일이나 양모, 양 등 팔 물건이 있었다면 좋았을 것이다. 그는 겨울철에 몇 번인가 지하실에서 선박용 플러그를 만들어 팔았지만, 시간과 노력에 비해 손에 들어오는 돈은 터무니없이 적었다. 닐스가 가진 것은 배 한 척이 전부였다. 돈에 쪼들릴 때면 그는 마르타에게 텔레비전과 냉장고가 없던 시절, 휴가철마다 여행을 가는 사람을 거의 볼 수 없던 시절에도 모두들 잘 지냈는데 지금 와서 잘 지내지 못할 이유는 없다고 말했다. 하지만 살다 보면 인생을 통해 깨닫는 것도 있다. 수중에 돈이 없으면 명확하게 생각하는 일이 얼마나 어려운지 깨닫게 된다. 돈으로 살 수 있는 모든 것, 즉 다른 사람들과 마찬가지로 나 또한 가질 자격이 있다고 여겨지는 것들, 예를 들어 자동차나 해외여행 등을 떠올리면 흔들리지 않기가 더 어려운 것이다.

피오르를 건너는 동안 여자는 선실에 조용히 앉아 있었다. 그녀는 심플한 드레스 차림이었으며, 맨살이 드러난 어깨에는 블레이저를 걸치고 있었다. 구두는 은색이었고 핸드백은 검정색이었다. 그녀가 담배를 피우는 모습에서는 불안과 체념이 동시에 느껴졌고 그것이 그녀를 더 매력적으로 보이게 했다. 그녀는 천천히 담배를 입으로 가져가 지그시 눈을 감은 채 담배를 피웠다. 담배 연기는 마치 그녀가 만들어낸 예술 작품처럼 나선형을 그리며 머리 위로 스멀스멀 피어올랐다.

내가 몇 살인지 맞혀보세요. 그녀가 조타실에 들어와 말했다.

닐스는 잠시 망설였다. 그녀가 닐스를 똑바로 쳐다보았다.

내가 몇 살이라고 말하기를 원하나요? 닐스가 물었다.

그녀가 웃음을 터뜨렸다. 웃음이라고 선뜻 말하기가 어려운, 이상한 웃음이었다.

당신은 내가 아름답다고 생각하나요?

그는 대답을 하지 않았다.

당신이 만났던 여자들 중에서 내가 가장 아름답지 않나요?

나는 그런 것을 평가할 만한 능력이 없습니다.

그녀가 다시 웃음을 터뜨렸다.

나를 피오르 건너편으로 데려다준 뒤에는 무슨 일이 생길까요?

그건 알 수 없습니다. 나는 단지 페리 운전수일 뿐이에요.

그렇다면 당신은 어쩔 생각인가요?

나 말입니까? 나는 집으로 돌아갈 겁니다.

조금 전 대문을 열어준 사람은 당신의 아내였나요?

그는 고개를 끄덕였다.

참 아름답더군요. 여자는 그렇게 말하며 그에게 바짝 다가갔다.

여자가 바라보던 눈빛을 닐스는 지금도 기억하고 있었다. 그건 피오르 사람 같지 않은 방식이었다. 마을 사람들의 일반적인 행동과는 거리가 멀었다. 그토록 사람을 뚫어지게 바라본다는 것은 무례한 일이다. 사실, 닐스도 사람들을 뚫어지게 바라보는 것을 좋아했다. 그들이 어떤 사람인지 알아내기 위해서였다. 하지만 그는 상대방이 눈치채지 못할 때만 그들의 얼굴과 움직임을 관찰했다. 눈앞의 그녀는 다른 세상에 속한 사람이었고, 완전히 다른 언어와도 같았다.

나는 당신의 아내에 관해선 조금도 신경 쓰지 않아요. 당신도 그렇죠?

나는 그렇지 않습니다.

나를 만지고 싶나요? 그녀가 물었다.

그는 아무 말도 하지 않았다.

내 가슴을 만져보세요.

그는 불가능한 일이라고, 있어서는 안 되는 일이라고 대답했다.

불가능한 건 아무것도 없어요. 당신이 원하는 대로 해보세요. 자, 이제 나를 만져보세요.

싫습니다.

나를 원하지 않나요?

전혀. 나는 당신을 원하지 않습니다.

좋아요. 이 세상에는 나를 원하지 않는 남자가 있듯이,
내가 원하는 남자도 있어요.

그녀가 닐스에게 더 바짝 다가갔다. 그는 그녀의 숨결
에 묻어 나오는 술 냄새를 맡을 수 있었다. 두 사람은 한
동안 그렇게 마주 보며 서 있었다. 잠시 후, 그녀가 몸을
홱 돌려 갑판 쪽으로 사라졌다. 닐스는 달빛이 내려앉은
수면과 푸른빛을 띤 한밤중의 산, 그리고 여자의 윤곽을
보았다. 그날 밤의 배는 지금과 마찬가지로 비오네스섬
에서 약간 동쪽으로 떨어진 지점에 있었다. 그는 핸들 옆
에 서서 무슨 일이 생기면 재빨리 반응하기 위해 마음의
준비를 했다. 심장박동이 빨라졌다.

몇 분 후, 여자가 다시 조타실로 들어왔다.

나를 죽일 수 있나요? 그녀가 물었다.

당신을 죽인다고요?

네.

그녀는 수중에 있는 돈을 모두 주겠다고 말했다. 수중

에 돈이 얼마 있는지는 확실히 모르지만, 지금 당장 세어 보고 구체적인 액수를 말해주겠다고 했다. 그녀는 자신의 목을 졸라 죽인 후 바닷속으로 던지라고 말했다. 자신이 숨을 쉬지 않을 때까지 목을 조른 다음 시체를 버리기만 하면 된다고 했다. 그러면 아무도 무슨 일이 있었는지 알지 못할 것이라고 했다.

그는 고개를 저었다.

내 제안을 거부하는 건가요? 그녀가 물었다.

그렇습니다.

어떨 거라고 생각하세요? 그녀가 다시 물었다.

뭐가 말입니까?

죽는 것 말이에요.

그는 대답을 하지 않았다.

그녀는 잠시 기다렸다가 다시 선실로 들어가 담배를 피워 물었다. 닐스가 피오르를 건너 마르타가 있는 집으로 되돌아왔을 때, 그는 온몸을 떨고 있었다. 그는 떨리는 손으로 술을 따르고 무슨 일이 있었는지 마르타에게 이야기해 주었다. 얼마간 시간이 지난 후, 그는 모든 사람에게는 저마다의 한계가 있다는 생각을 하게 되었다. 누구나 언젠가는 삶과 죽음의 경계선에 다가가는 경험을 하게 되고, 그 경계에 다다르기까지 얼마나 많은 고통과 패배를 견뎌내야 하는지는 아무도 알지 못한다. 돈이 많은 사람들은 모든 것을 돈으로 살 수 있다고 생각한다. 자신들의 운명과, 심지어는 삶에서 벗어나는 출구까지도.

그런데 그날 밤 그 여자는 닐스에게 돈을 지불하는 것을 잊어버렸다. 그녀는 피오르 건너편에 도착할 때까지 아무 말도 더 하지 않았다. 배에서 내리고 나서야 그녀는 닐스를 돌아보지도 않고 말했다. 빌어먹을 새끼.

그는 무엇을 배웠던가? 여기 이 조타실에 서서 창밖의 섬, 나무 그루터기, 곶, 빙하, 작은 농장, 마당에 버려진 폐차, 오래된 밭, 새로운 건설 현장, 깊은 피오르에서 솟아오른 이 땅을 보며 그가 배웠던 것은 무엇인가? 그렇다, 그것은 매일의 숙제였다. 새벽 5시 30분에 일어나는 일, 피오르로 나가는 일, 지금처럼 여기 서 있는 일, 구름을 뚫어보려 애쓰는 창백하고 연약한 11월의 태양을 맞이하는 일, 구름을 뚫은 태양이 산꼭대기부터 서쪽의 산기슭을 지나 눈앞에 보이는 모든 풍경을 이글거리는 혓바닥으로 핥으며 움직이는 것을 바라보는 일. 나무 위의 햇살, 지붕 위의 햇살, 굴뚝, 새, 바다. 그는 빛이 매일 서로 다른 방식으로 피오르에 닿고, 바다는 밝을 수도 있고 칙칙한 회색일 수도 있으며, 겨울이 되면 마치 집에서 주조한 맥주처럼 검게 변할 수도 있다는 것을 배웠다. 피오르는 풍경 속을 비집고 들어온 아침 햇살에 경금속처럼 보이고, 8월의 아침에는 나른하고 기분 좋은 하늘 아래 진득한 평화로움을 머금는다는 것, 1월에는 거센 바람이 휘몰아쳐서 두터운 바닷물 표면에 흰 줄무늬를 만들어낼 수 있다는 것, 그리고 가끔 성을 내며 하얀 거품과 녹색 담즙을 토해내기도 한다는 것을 배웠다. 하지만 그 어떤 일도 똑같은 방식으로 일어나지 않으며 같은 날은 두 번 오지 않는다. 그 모든 날들이 똑같다고 여겨지는 때는 오직 이 마지막 날뿐이다. 매일 피오르가 변하고, 빛이 변하고, 색깔이 변한다. 흐린 구름 조각들이 한데 모이면 회색 비가 내린다. 갑판 위로, 창문 위로, 조타실의 지붕 위로. 비가 많이 내리면 마치 드럼 소리를 듣는 것 같다. 비는 갑자기 폭포수처럼 내리거나 영원히 그치지 않을 것처럼 내리기도 한다. 그럼에도 저녁이 되면 비는 멈추기 마련이다. 사람들은 말을 멈추고, 배는 엔진을 멈춘다. 배들이 잠잠해지고 밤이 피오르를 감싸안으면 바닷물은 해안가의 집들로부터 새어 나오는 불빛을 머금고 여기저기 돌아다닌다. 그러면 그는 대문 밖에 켜져 있는 자신만의 불빛을 찾아 그쪽으로 향하고, 고요한 집 안으로 들어가 맨발로 살금살금 걸어 방문을 열고 잠자리에 든다. 때때로 우리는 자연의 가장 장엄한 측면을 접하기도 한다. 어떤 집이나 배도 견뎌내지 못하는 바람, 심지어는 그 어떤 풍경도 경험한 적이 없을 낯선 바람, 피오르에 세차게 몰아쳐 배를 질식시키는 바람. 그런 바람이 불면 집은 갈라지고 부서지며 벽은 힘없이 땅에 쓰러지고 지붕은 마치 빈 정수리를 숨기기 위해 빗어 넘긴 옆머리처럼 허공으로 풀썩 솟아오른다. *내 안의 날씨도 이렇게 변한다.* 그는 일지의 어딘가에 이렇게 쓴 적이 있다. *나는 피오르 같은 사람이다. 피오르처럼 부풀어 올랐다가 가라앉았다가, 다시 부풀어 오르고 가라앉는다.* 그렇다, 페리 운전수는 끊임없이 변화하는 사람이지만 신뢰할 수 있고 의지할 수 있는 사람이다. 그는 피오르 안팎을 막론하고 항상 그가 있어야 하는 자리에 있다. 마치 물이 부서졌다가 합쳐지고 모든 것을 받아들이고 감싸안는 것처럼. 그러나 그는 항상 앞으

로, 앞으로 나아간다. 마치 그의 손목시계 바늘처럼. 그는
이미 앞을 향해 출발했고 곧 엔진을 끌 것이며 배는 완전
히 멈출 것이다.

알스타세테르 부인이 저곳 바케에서 기다리기로 하지 않았던가? 그렇다, 그녀는 지금쯤 그곳에 서 있어야 한다. 닐스는 지붕 위에 흰색과 회색 구름이 쿠션처럼 내려 앉은 그녀의 집을 바라보았지만, 잉그리드 알스타세테르는 보이지 않았다. 그녀는 그의 일지 속에서 여러 페이지에 걸쳐 등장한다. 바람이 잔잔한 날이면 그녀는 선실의 평상에 앉아 담배 연기를 입에 문 채 투덜거리거나 소리를 질렀다. 욕설과 가학적인 저주의 말을 느릿느릿 내뱉었다. 머저리. 바보 천치. 어떻게 7 곱하기 8이 *65*라고 생각하는 걸까? 어떻게 흥미를 *흔미*로, 호기심을 *오기심*으로, 신분증을 *심분증*으로 쓸 수 있는 걸까? 정말 어리석음에는 끝이 없는 것 같아. 그녀는 학생들이 국왕 계보를 모두 다 외울 때까지 천천히 끓는 물 속에서 익혀버리고 싶다고, 그들이 구구단을 다 외울 때까지 물고문을 하고 싶다고 말했다. 개들은 너무나 멍청해서 인생에서 아무 것도 성취하지 못할 거야. 아무것도.

그렇다, 알스타세테르 부인은 그런 사람이다. 그녀가 저기 서 있다. 예전과 마찬가지로. 그녀는 검은 드레스와 회색 코트 차림으로 서 있었다. 닐스는 정박 준비를 마치고 배를 부두에 댔다. 알스타세테르 부인이 배에 오를 때 닐스는 포옹을 건네려 했지만 그녀는 손만 살짝 내밀었다. 그녀는 여전히 극성스럽고 성마른 눈빛을 지니고 있었다. 닐스에게 깊은 인상을 심어준 동시에 짜증을 불러 일으켰던 그 눈빛이었다.

여기서 담배를 피워도 돼요. 알스타세테르 부인이 말했다.

그것은 묻는 말이 아니었다. 닐스는 담배를 가져와 그녀에게 건넸다. 그녀는 불을 붙이고 그를 바라보았다. 두 사람은 잠시 가만히 서 있었다. 그들에게는 할 말이 너무 나 많았지만 선뜻 대화를 시작하기가 쉽지 않았다. 닐스는 배를 피오르에 다시 띄웠다.

당신은 도대체 어떻게 죽었나요? 그가 물었다.

탈수증 때문이었죠. 그녀가 대답했다.

탈수증이라고요?

네, 혼자 사는 여자들은 날이 갈수록 건조해져서 결국엔 바짝 말라버린답니다. 모르셨어요? 남자는 어떤지 모르겠지만, 여자들은 평생 혼자 살 경우 탈수증에 시달리기 마련이에요.

살아생전 행복하지 않았던 건가요?

행복이라고요? 행복은 그저 그런 사람들이나 누리는 거예요.

그녀가 그를 바라보았다.

그건 그렇고, 내가 당신을 잘못 생각했던 것 같군요, 닐스. 아직도 이 피오르를 떠돌고 있다니. 당신은 몇 살인가요?

닐스는 미소만 지어 보이고 아무 말도 하지 않았다.

난 당신이 학창 시절에 아주 공부를 잘했다고 기억해요. 당신에겐 아무런 야망도 없었나요?

물론 있었죠. 하지만 나는 이미 열다섯 살 때 첫 배를 가질 수 있었답니다.

머리도 좋으면서 학교를 그만두고 피오르에서 사람들을 실어 나르는 일을 시작했던 건 참 어리석은 결정이에요.

더 나빠질 수도 있었을 거예요. 나는 사람들을 돌보고 여기저기로 실어 날랐죠. 그중에는 당신도 포함되어 있어요. 기억하죠?

어떻게 더 나빠질 수가 있단 말이죠, 닐스?

닐스는 픽 웃고 말았다.

알아요, 나도 내가 참 끔찍한 사람이었다는 걸 잘 알고 있다고요. 당신도 말해보세요. 그냥 있는 그대로 말하면 돼요. 자, 얼른 말해보세요.

당신은 참 끔찍한 사람이었어요, 잉그리드 알스타세테르 씨. 닐스가 말했다.

고마워요. 이제 내가 당신에게 물어볼 거라고는 생각하지 마세요.

뭘 말인가요?

당신이 행복했는지 말이에요. 왜냐하면 난 그 대답을 이미 알고 있거든요. 당신은 지금 있는 곳에서 행복을 느끼는 부류의 사람이에요. 이미 가지고 있는 것 외에는 아무것도 더 원하지 않는 사람이죠.

난 행복했어요.

내가 물어봤나요?

아니요, 하지만 난 행복했어요. 나는 우리 가족들이 대를 이어 해왔던 일을 계속했어요.

알스타세테르 부인은 짧게 코웃음을 쳤다.

그건 나도 마찬가지예요. 나는 우울했어요. 내 어머니가 그랬던 것처럼요. 어머니의 어머니도 우울했고, 그 어머니도 그랬어요. 모두들 우울증에 시달렸던 거죠. 나는 극심하게 우울한 가정에서 태어났고, 그런 가족의 내력을 매우 심각하게 받아들였어요. 한 가지 덧붙이고 싶은 건, 이 피오르에 사는 멍청한 아이들의 지식수준도 못지 않게 큰 역할을 했다는 것이랍니다.

그녀는 가능한 한 많은 아이들에게 지적 자극을 주어 이 피오르에서 벗어나게 하는 것이 자신의 사명이었다고 말했다. 여기에는 미래가 없고, 단지 편견과 침체만이 있을 뿐이에요. 그녀는 닐스에게 만약 어느 외계 행성에서 온 존재가 지구의 사람들이 어떻게 사는지 알고 싶어 한다면 어디로 갈 것 같냐고 물었다. 여기? 이 피오르? 아니, 그 외계인은 로마나 파리, 아니면 아테네처럼 삶을 제대로 연구할 수 있는 곳으로 갈 거예요. 여긴 아니에요. 절대 아니라고요.

그렇다면 당신은 왜 피오르를 떠나지 않았나요? 닐스가 물었다.

그녀는 대답하기 전에 잠시 뜸을 들였다.

나는 여기로 이사 온 후 이곳에서 쭉 머물렀지만, 단 한 번도 이곳에서 *살았던* 적은 없어요.

잉그리드 알스타세테르는 닐스에게 부탁 하나만 들어달라고 했다. 그녀는 브루순데로 가길 원했다. 닐스는 시계를 보았다. **12시 30분.** 그는 원래 그곳으로 갈 계획은 없었지만 상관없다고 했다. 브루순데를 거쳐 갈 수도 있을 것이다. 그는 배를 우현 쪽으로 놓고 달레뮈르와 스쿠

게스트란 쪽을 바라보았다. 서쪽으로는 하얀 집들과 노란 집들이 있었고, 해변가에는 빨간색과 회색의 보트 창고가 나란히 서 있었다.

그 애가 우리를 기다리고 있었으면 좋겠어요. 브루순데가 가까워지자 잉그리드가 말했다.

누구 말인가요? 닐스가 물었다.

그녀는 저 멀리 언덕 위에 보이는 불에 탄 집을 턱으로 가리켰다. 남아 있는 것이라곤 건물의 뼈대뿐이었다. 부두에서는 카리 아가를 볼 수 없었다. 넓은 평원, 회색의 피오르, 한순간, 불타버린 집 한 채. 어디에도 보이지 않는 카리.

내가 이곳으로 이사를 왔던 건 그 애 때문이었어요. 잉그리드 알스타세테르가 말했다.

카리 말인가요?

네, 카리가 아니면 또 누구겠어요?

닐스는 솟구치는 짜증을 꾹꾹 눌렀다.

그건 전혀 몰랐어요. 무슨 일이 있었나요?

아무 일도 없었어요. 그게 바로 일어났던 일이랍니다.

아무것도 아닌 일.

그녀는 닐스를 보며, 자신은 카리와 최소한 지리적으로 가까이 있기 위해 이곳으로 이사를 왔고 그로부터 1년도 채 되지 않아 카리는 결혼을 했으며, 3년 동안 연달아 세 명의 아이를 출산했다고 말했다. 그녀는 카리의 남편이 갑자기 아이 만드는 기계로 변해버렸다고 했다.

나 역시 그 애를 함부로 판단할 수는 없었어요. 잉그리드 알스타세테르가 말을 이었다. 그 애의 삶은 결코 쉽지 않았을 거예요. 설사 나와 함께 여기 있었다 하더라도 말이죠.

그렇다, 그는 진작에 깨달았어야 했다. 그는 항상 사람들을 잘 꿰뚫어 본다고 자부하지 않았던가. 마을 학교가 폐쇄된 후 그는 잉그리드 알스타세테르와 연락이 끊어졌다. 이후로는 교사를 학생들에게 데려다준 것이 아니라, 학생들을 교사들에게 데려다주었다. 그러던 어느 가을날 저녁이었다. 약 10년 또는 12년 전이었을 게다. 잉그리드 알스타세테르가 닐스에게 전화를 걸어 카리 아가의 장례식에 배를 타고 갈 것인지 물었다. 그녀는 장례식이란 추

악하고 역겨운 절차라고 말했다. 장례식에 동행할 사람이 필요하다고 했다. 게다가 그녀의 시력은 예전에 비해 훨씬 나빠졌기 때문에 가을의 어둠 속에서 운전하는 일을 가능한 한 피하고 싶다고 했다. 어쨌거나 그녀는 장례식에 가고 싶어 했다. 카리와 둘이서 자주 닐스의 배를 탔던 것이 좋은 추억이었다고 말했다.

카리 아가의 장례는 폭우 속에서 진행되었다. 사람들은 고요와 침묵 속에서, 교회와 나무와 흙과 마을 사람들의 굽은 등을 적시는 비 아래서, 검은색 옷을 입은 사람들의 우산 아래서, 조산사의 마지막 길을 함께했다. 대부분의 마을 사람들은 카리의 도움으로 세상에 태어났거나, 카리가 받아낸 자녀와 손주들이 있었다. 닐스는 사람들의 목과 뒤통수를 바라보았다. 관의 양옆에 각각 남자 세 명이 서서 교회 밖으로 운반해 나가는 것을 보았다. 카리 아가의 아들은 빗속으로, 흙구덩이 속으로 사라지는 관 뒤를 따랐다.

장례식에서 돌아오던 길에 잉그리드 알스타세테르는 지금처럼 닐스와 함께 조타실에 서 있었다. 그녀는 줄담배를 피웠고 말을 거의 하지 않았다. 평소 그녀는 쉴 틈 없이 말을 많이 했지만, 그날은 거의 아무 말도 하지 않았다. 그렇다, 그는 진작에 알았어야 했다.

잉그리드는 담뱃불을 벽에 문질러 끄고 창문 너머로 꽁초를 던졌다.

어떤지 알아요? 그녀가 물었다.

뭐가 어떻다는 거죠?

어느 방에 들어가 어떤 사람의 얼굴을 보았을 때 문득 내가 그 사람에게 영원히 속할 것이라는 느낌에 사로잡힐 때가 있어요.

그녀가 손가락을 마주치며 딱 소리를 냈다.

이처럼 한순간에 말이죠. 그녀가 말했다.

그처럼 한순간에? 그가 물었다.

잉그리드 알스타세테르는 자전거를 타고 브루순데로 갔던 밤의 이야기를 늘어놓았다. 그녀가 여기로 이사 왔던 첫 주였다. 그때까지만 해도 그녀는 여전히 카리와 운명적인 삶을 함께할 것이라고 믿었다. 그날 저녁 카리의 대문 앞에 이른 그녀는 집 안에 불이 켜져 있는 것을 보았다. 그녀는 계단에 서서 머리를 매만지고 코트 자락을 정리하면서 불빛이 새어 나오는 집 안에 있는 여인, 곧 자신의 노크 소리를 듣게 될 여인, 곧 계단을 내려와서 현관으로 와 대문을 열어줄 여인이 자신과 다르지 않다는 것을 확신했다. 그녀는 그 8월의 저녁, 떨리는 마음으로 준비된 채 끝이 없을 것 같은 시간 속에 서 있었다.

그렇다, 그는 진작에 깨달았어야 했다. 돌이켜 생각하니 그건 너무나 분명한 일이었다. 카리 아가는 항상 짙은 색의 코트를 입고 바람과 추위를 막기 위해 목깃을 올린채 검정 가방을 들고 정확히 제시간에 부두에 나와 기다렸다. 닐스는 그녀를 태우기 위해 브루순데로 갈 때면 언제나 보온병에 담은 커피를 가져갔다. 그들은 가볍게 이런저런 대화를 나누었고 카리는 신문을 뒤적이거나 창밖을 바라보기도 했다. 그들은 날씨와 고기잡이와 가정사에 관해 이야기했다. 어쩌다 그렇게 되었는지는 기억할 수 없지만, 카리가 아이를 받아낼 때마다 그들은 새로운 생명이 세상에 태어난 것을 축하하기 위해 담배와 코냑 한 잔을 나누었고, 세월이 흐르면서 그것은 그들만의 의식이 되었다. 1975년 3월의 어느 날 아침, 닐스가 한 임산부를 태우고 검진을 위해 병원으로 가던 중, 예정일보다 훨씬 일찍 아이가 태어났다. 세상에 나온 그 작은 생명은 선실의 갑판 위에 꼼짝도 하지 않고 누워 있었다. 푸른색을 띤 핏기 없는 몸. 정적. 숨소리도 들리지 않았다. 닐스는 카리에게서 출산에 관해 많은 것을 배워 알고 있었다. 물론 직접 참여한 적은 없었지만, 가끔 임산부에게 합병증이 발생했을 때 옆에서 도와주었으며 다양한 출산에 관해 설명하는 조산사의 말에 귀를 기울이곤 했다. 닐스는 아이를 거꾸로 붙들고 마사지를 해주고 뺨을 가볍게 때려야 한다는 것을 알고 있었다. 선실 안에는 여전히 정적이 감돌았다. 선실은 그런 방이 되어버렸다. 아무런 소리도 들리지 않는 방. 한 시간처럼 느껴졌던, 아니 하루, 아니 한평생처럼 길게 느껴졌던 시간이 지나자 신생아는 딸꾹질을 하기 시작했다. 아이는 기침을 하고 딸꾹질을 하고 울기 시작했다. 아이는 살고 싶어 했다. 아이는 살기 위해 이 세상에 왔다. 울음소리가 선실 안을 채웠다. 그 소리는 마치 공기를 가르는 비단실처럼 너무나 아름답고 가늘었다. 닐스는 자신도 모르게 숨을 참았다. 얼마나 오래 숨을 참았는지는 알 수 없었다. 그가 갑판으로 달려 나갔을 때 배는 피오르의 한가운데에서 표류하고 있었고 배 위에는 물새들이 떼를 지어 모여 있었다. 닐스는 폐의 깊숙한 곳까지 숨을 채운 뒤 크게 환호했다. 가끔 세상은 아름다울 때도 있다. 그로부터 17년 또는 18년이 지난 어느 날, 닐스는 한 젊은 여인을 배에 태웠다. 어느 여름날, 미소를 띤 선한 얼굴, 검은 머리, 긴 팔다리를 가진 여인은 비카에서 탑승한 후 조타실을 들여다보았다. 그녀는 한 살이 되던 해까지 가족과 함께 이 마을에서 살았다고 말했다. 닐스는 그녀를 기억했을까? 닐스는 그녀가 세상에 태어난 그날 아침을 기억했을까?

또 어떤 출산이 있었을까? 그는 토라 헤괴위를 기억한다. 상점에서 일하던 마르기트가 엄마가 될 것이라곤 아무도 생각지 못했다. 그녀는 마흔을 훌쩍 넘긴 나이에 구토름 랑네스를 만났다. 술과 여행을 좋아했던 그는 농부로서는 물론이고 아버지로서 살아가기엔 거리가 먼 사람이었다. 그는 아이가 세상에 태어나자마자 아내와 딸을 버리고 떠났지만, 마르기트는 평생을 두고 꿈꾸었던 아이를 얻을 수 있었다. 아이는 아주 어렸을 때부터 어머니와 함께 상점 계산대 뒤에 서 있었고 매우 아름다운 여인으로 성장했다. 그는 1971년 어느 이른 아침, 트베이타네 근처의 시골길에서 펼쳐진 하늘을 지붕 삼아 세상에 태어났던 라르스 파스팅도 기억한다. 커다란 소나무 한 그루가 쓰러져 길을 막는 바람에 예비 부모는 병원에 이르지 못했다. 아버지는 가장 가까운 곳에 있던 집으로 달려가 닐스에게 전화를 했다. 배가 필요해요. 그 푸른 아침, 카리가 어머니의 배에서 끌어냈던 작은 남자아이를 그는 기억한다. 아이는 세상에 나오자마자 우렁차게 노래를 부르듯 울었다. 주변에 모여든 염소와 양들은 작은 입을 벌려 소리를 내는 아이를 바라보았다. 그는 선천성 내반족을 가지고 태어났던 슈르 미에스도 기억한다. 조산사는 아이에게 내반족이 있다는 것을 부모에게 알렸으나, 그들은 개의치 않고 진심으로 기뻐했다. 그들에게는 단지 아이가 태어났다는 사실만으로도 큰 의미가 있었던 것이다. 훗날 소년은 내반족에도 불구하고 김레 시의 한 농구단에 입단해 노르웨이 챔피언이 되었다. 슈르 미에스는 그다지 키가 크지 않았지만, 농구공을 림 속에 몇 번이고 정확하게 던져 넣는 데 큰 재능을 보였다. 그는 자신의 두 딸, 엘리와 구로도 물론 기억한다. 닐스는 그 두 번의 출산 때 산모의 침실 문 밖에 서서 기다렸다. 그는 초조하게 왔다 갔다 하다가 아래층으로 내려가 신문을 읽었다. 물론 신문의 글자가 눈에 들어올 리 없었다. 마침내산모의 방에 들어간 그는 침대 옆에 서서 갓 태어난, 아직은 어떻게 자랄지 알 길이 없는 아이를 벅찬 마음으로 바라보았다. 엘리는 태어나자마자 엄마의 가슴을 향해 혼자 힘으로 움직였고, 마치 굶주린 돼지 새끼처럼 열정적으로 젖을 찾았다. 아이가 눈을 뜨고 힘차게 젖을 빨 때는 작은 눈꺼풀이 바르르 떨렸고 조그마한 눈동자가 머리 뒤로 넘어갈 듯했다.

1983년 늦은 가을, 카리 아가는 닐스에게 전화해 브루순데에 있는 자신의 집으로 와달라고 했다. 무슨 일이냐고 물어도 그저 와달라고만 했다. 그녀는 식탁 위에 커피와 초콜릿 바를 올려놓고 기다리고 있었다. 그녀는 바로 본론으로 들어가겠다며 닐스에게 쇼핑 리스트를 건넸고, 그가 그 물건들을 사서 매주 월요일마다 브루순데로 실어다 주면 아주 큰 도움이 될 것이라고 말했다. 실어 온 물건들은 보트 창고에 내려두면 되고, 돈은 봉투에 넣어 같은 곳에 두겠다고 했다. 닐스는 카리가 손으로 쓴 쇼핑 목록을 보았다.

버터

빵

감자

청어로 만든 어묵

돼지고기 등심

소금

치즈 스프레드

밀가루

우유

양배추

커피

프레이아 밀크 초콜릿

그 외 여러 가지 생필품

닐스는 전혀 문제없으며, 원한다면 집까지 물건을 가져다줄 수도 있다고 말했다. 카리 아가는 집까지 배달해주지 않는다면 더 고맙겠다고 했다. 닐스는 그 자리에 가만히 앉아 말없이 카리를 바라보았다. 그녀도 말을 하지 않았다. 분위기는 어색해졌다.

마침내 카리가 자리에서 일어나 한숨을 내쉬었다.

올해 겨울은 내 삶의 마지막 겨울이 될 것 같아요. 그녀가 말했다.

닐스는 잠시 침묵하다가 매주 월요일마다 구매한 물건들을 그녀의 집까지 배달한다면 그녀를 볼 수 있어 더 좋을 것이라고 말했고, 그녀의 건강이 악화되어 참으로 안타깝다고 덧붙였다.

사람들에게는 각자의 삶이 있고, 그 삶은 언젠가 끝이

나기 마련이에요. 카리가 말했다.

그녀는 모든 위선과 거짓된 배려를 참을 수 없다고 말했다. 그녀는 혼자 죽고 싶으며, 자신의 병약한 모습을 다른 이들에게 보이고 싶지 않을 뿐 아니라 그런 모습으로 기억되는 것도 싫다고 했다. 그녀는 닐스에게 이 사실을 다른 사람들에게 절대 알리지 말라고 신신당부했다. 그녀는 심지어 자신의 자녀들에게도 이 사실을 알리지 않았다고 했다. 그녀의 자녀들은 이미 오래전 동쪽 지방으로 옮겨 가 자신들만의 삶을 산 지 오래였다. 그녀는 닐스가 새롭게 구매한 물건들을 가져왔을 때 이전의 물건들이 여전히 그 자리에 놓여 있다면, 그건 자기가 죽었다는 것을 의미한다고 말했다.

그는 쪽지에 적힌 그녀의 부탁 사항을 정확하게 이행했다. 매주 월요일이 되면 그녀가 원하는 물품을 구입했고, 그것을 상자에 차곡차곡 담아 보트 창고 안에 두었으며, 그녀가 어떻게 지내는지 살펴보기 위해 집까지 올라가 보고 싶은 마음을 애써 누르며 다시 피오르로 나갔다.

때때로 카리는 고급 차 한 상자나 케이크를 그 자리에 두었고, 가끔은 특별한 물건이나 새로운 종류의 빵 또는 밀가루를 구입해 달라는 짧은 메모와 함께 돈이 들어 있는 봉투를 놓아두기도 했다.

성탄절이 가까워질 무렵, 마르타는 왜 그가 월요일마다 그처럼 많은 식용품을 구입하는지 궁금해하기 시작했다. 닐스는 하는 수 없이 자초지종을 털어놓았고 그것은 말다툼으로 이어졌다. 그녀는 닐스가 카리 아가를 위해 무언가 더 해야 한다고 말했다. 내가 무엇을 더 해야 한다고 생각하나요? 그가 물었다. 그녀는 사랑이란 행동으로 표현하는 것이라고 대답했다. 그는 그게 바로 자신이 했던 일이라고 말하고 싶었지만 입 밖에 내지는 않았다. 사람들은 모두 각자의 방식으로 죽기를 바라요. 닐스가 말했다. 마르타는 그가 사랑하는 사람이 홀로 죽어가는 걸 옆에서 가만히 지켜보기만 할 거냐고 물었다. 카리가 홀로 죽기를 원했다고 하자 마르타는 말했다. 아무도 홀로 죽는 걸 바라지 않아요. 누구나 사랑하는 사람들에게 둘러싸인 채 세상을 떠나고 싶어 한다고요. 닐스는 그게 바로 문제라고 말했다. 카리의 남편은 이미 세상을 떠났고, 보아하니 자식들과는 거의 연락을 하지 않는 것 같았다. 이유는 알 수 없지만 뭔가 틀어진 게 틀림없다고 생각했다.

4월의 어느 월요일, 그는 카리의 부탁에도 불구하고 처음으로 물건 상자를 그녀의 집 대문 앞까지 가져갔다. 배를 정박시키기 전에 브루순데에서 연기 기둥이 솟아오르는 것을 보았기 때문이었다. 한 손으로는 의자, 다른 한 손으로는 램프 갓을 들고 마당을 가로질러 오는 카리를 봤을 때 그는 깜짝 놀랐다. 순간 그녀가 이미 죽은 것이 아닌지 의심했다. 그는 마치 유령이라도 보는 듯 그녀를 뚫어지게 바라보았다. 카리는 지난겨울 동안 눈에 띄게 수척해졌고, 머리카락은 부시시하게 헝클어져 있었다. 가까이 다가가자 그녀의 창백한 손에 저승꽃과 핏줄이 두드러진 것을 볼 수 있었다.

맙소사! 그녀가 소리쳤다.

그녀는 모닥불을 피워놓은 바위 쪽으로 걸어가더니 의자와 램프 갓을 불꽃 속으로 던졌다. 그녀는 집 안에서 물건들을 내어 오는 중이었다. 갖가지 물건들이 모닥불 속에 던져졌다. 책, 신문, 윈저 의자, 침대보. 닐스는 무엇을 해야 할지 몰랐다. 눈앞에서 무슨 일이 벌어지고 있는지 이해할 수도 없었다.

그냥 거기 서서 쳐다보지만 말고 나를 도와주는 건 어때요. 그녀가 말했다.

닐스는 얼른 상자를 내려놓고 집 안에 쌓여 있던 가구와 액자 등 모든 것을 밖으로 옮기기 시작했다. 두 사람은 함께 집을 비웠다. 벽장과 서랍장을 비우고 매트리스를 계단 아래로 가져왔다. 두 사람은 그 일을 하는 동안 아무 말도 하지 않았다. 벽난로가 있는 거실, 부엌, 다락방, 지하실을 비웠다. 모든 것이 집 밖으로 운반되었다. 태피스트리, 양말, 식탁보, 니트 재킷, 화장품, 아동복, 바인더, 수첩. 닐스는 복도에 있는 벽시계 앞에 멈춰 서서 이 시계를 팔면 돈을 꽤 많이 받을 수 있을 것이라고 말했다. 카리는 잠시 그를 바라보기만 했을 뿐, 다시 일을 계속했다.

때때로 불은 금방 꺼질 듯 보였다. 집 안에 있던 모든 물건들을 집어삼켰음에도 불구하고 충분한 영양분을 얻지 못한 것 같았다. 카리가 등유 한 병을 가져와 쏟아붓자

꺼져가던 불꽃이 다시 살아났다. 집 안의 모든 물건들을 밖으로 옮기는 동안, 닐스는 삶에서 스스로 추락하기란 너무나 쉽고, 그 방법은 너무나 많으며, 일단 삶에 구멍이 생기고 거기에 미끄러져 빠지면 회복하는 것은 거의 불가능하다고 생각했다. 집 안을 거의 다 비운 후, 그들은 나란히 서서 불꽃을 바라보았다. 모든 것은 연기가 되어 사라졌다. 베개, 슬리퍼, 수건, 냄비 받침대, 겨울 코트, 블라우스, 속옷, 연필, 그림, 크고 작은 상자들. 불꽃 뒤에서 소리 없이 다가온 저녁 속으로 그림자들이 뚫고 들어오기 시작했다.

당신이 와줘서 기뻐요. 카리가 말했다. 그건 그렇고 담배 있어요?

그는 담뱃갑을 꺼냈고, 두 사람은 담배에 불을 붙였다. 그들은 말없이 가만히 서 있었다. 잠시 카리가 그의 어깨에 머리를 기댔다. 그는 자못 어색하게 그녀를 감싸안았고, 그녀는 곧 그의 팔에서 벗어나 니트 재킷을 여미고 두 팔을 가슴께로 올려 팔짱을 꼈다. 그들은 나란히 서서 마치 혀를 날름거리듯 모든 것을 핥으며 넘실거리는 불꽃을 지켜보았다. 불꽃은 왕성한 식욕을 지니고 이 물건에서 저 물건으로 옮겨 갔고, 한때는 그녀의 삶이었던 것을 모두 삼켰다.

아, 바보같이 남에게 의존하다니. 그녀가 나직이 중얼거렸다.

가느다란 강철과 시멘트로 만든 현수교가 시야에 들어섰다. 시계는 **1시 45분**을 가리켰고, 배는 피오르 깊숙한 곳으로 더 멀리 미끄러져 나갔다. 태양이 얼굴을 내밀었다. 피 묻은 계란 같은 태양은 비를 머금은 구름 사이로 모습을 드러냈다가 재빠르게 다시 사라졌고, 가끔 수면을 향해 햇살을 한 줄기씩 쏘아내기도 했다. 그의 마지막 태양. 오늘은 11월의 어느 온화하고 마법 같은 날이었다. 이날이 끝나지 않는다면. 이날이 영원히 지속될 수만 있다면. 하지만 이날은 그의 마지막 날이었고, 다리 위에는 죽은 자들이 하나둘 모습을 드러내 난간 한쪽 끝에서부터 다른 쪽 끝까지 나란히 서 있었다. 그들은 다리 위에서 뛰어내릴 생각일까? 아니, 그들은 기다리고 있었다. 그들은 단지 거기 서 있기만 했다. 기다리고 있는 죽음. 때를 기다리는 죽음. 죽은 자들은 사방에서 몰려와 갈매기처럼 배를 따랐다. 그들은 닐스를 따라오며 속삭였다. 이제 당신도 우리 중 하나가 되었어요.

현수교를 지나친 닐스는 고개를 돌려 다시 다리를 보았다. 죽은 자들은 이제 다리의 반대편 난간으로 옮겨 와서 있었다. 그들은 강이나 피오르에 띄운 모형 배를 눈으로 좇는 어린아이들을 연상시켰다. 닐스는 그들을 하나하나 살펴보았다. 모두 그의 배에 탄 적이 있는 사람들이었다. 그의 선실에 앉아 담배를 피우고 커피를 홀짝이던 사람들, 정치인과 축구 경기와 이웃에 대해 목소리를 높였던 사람들, 학교나 병원에 가기를 꺼렸던 사람들, 결혼식과 시내 여행으로 기대감에 가득 차 있던 사람들. 죽은 아들. 죽은 딸. 죽은 형제. 죽은 어머니. 죽은 친구. 가족으로부터, 역사로부터, 시간으로부터 벗어난 사람들.

다리가 건설될 당시, 닐스는 노동자들과 기술자들을 막사에서 현장으로, 바지선에서 타워로 실어 날랐다. 그는 언젠가 크레인 운전수에게 마치 신이라도 된 듯 하늘 높은 곳에서 일하는 기분이 어떤지 물어본 적이 있었다. 닐스는 맑은 날이면 은빛을 발하는 발밑의 물과 파도를 하늘보다 훨씬 더 좋아했다. 그는 직접 올라와 보라는 대답을 돌려받았다. 크레인 운전수에게 몇 번이나 놀림을 당하며 고소공포증이 있는 게 아니냐는 말을 들었을 때, 닐스는 그제서야 피오르 위로 불쑥 솟아 꿈속까지 뻗어 있는 동쪽의 콘크리트 지지대 위로 올라갔다.

그는 높은 곳의 맑은 공기 속에서 주위를 둘러보았다. 서쪽에는 조각난 듯한 바위, 숲, 들판, 먼바다가 있었고, 동쪽에는 산과 내륙이 있었다. 어떻게 그는 수십 년 동안 이곳에 살면서도 단 한 번도 이런 풍경을 보지 못했을까? 그가 사는 작은 만은 말할 것도 없고, 땅 위의 풍경과 영공의 풍경, 그리고 모든 것들이 적당한 거리를 두고 서로 연결되어 있었다. 그는 사람들이 어떻게 일하는지도 가까이서 볼 수 있었다. 그들은 용접을 하고, 망치질을 하고, 시멘트를 채우고, 케이블을 잇는 내내 죽음을 속이고 피하기 위해 밧줄에 몸을 의지했다. 닐스는 고소공포증이 없음에도 불구하고 현기증을 느꼈다. 저 밑으로 추락할 수도 있다는 생각을 하니, 지금껏 모든 것들이 존재해왔던 시간과 그의 전 생애가 타워에서 피오르까지 허공을 가르며 떨어지는 한순간보다 결코 더 길지 않은 것 같았다.

현수교가 개방되기 전날 밤, 폭주족이 바리케이드를 지나 다리 위를 달렸다. 헤드라이트를 환하게 켠 자동차의 열린 창문으로는 시끄러운 음악이 흘러나왔다. 경찰이 출동했지만 폭주족은 이미 어디론가 사라진 후였다. 다음 날 닐스 비크의 배에는 총리, 장관, 시장, 언론인 등 그럴싸한 사람들이 가득했다. 그들은 바다 쪽에서 교량을 보기 위해 닐스 비크를 고용했고, 햇살이 내리쬐는 갑판에 서서 일자리, 산업, 도로 개발 같은 것들에 대해 이야기했다. 역사적인 날, 새로운 시대에 대해 이야기했다. 그 다리 때문에 일자리를 잃게 될 페리 운전수, 피오르 건너편으로 사람들을 태워주고 그 돈으로 생계를 유지해온 닐스 비크에 대해 이야기하는 사람은 아무도 없었다. 그럼에도 그는 그 다리를 사랑했다. 타워와 케이블로 만들어졌고 밤이면 반짝이는 불빛을 발하는 그 다리는 하나의 수수께끼요 불가사의였으며, 이해할 수 없는 경이로움이자 허공 한가운데에 떠 있는 문명의 한 조각이었다. 그렇다, 인간은 이 걸작을 창조했다. 불가능하게만 여겨졌던 것을 생각하고 고찰하고 계산하고 현실화했던 것이다. 인간은 새로운 수준에 도달한 것이 틀림없다. 그런데 그는 무엇을 창조했는가? 그는 어떤 기회를 잡았던가? 그는 어떤 비전을 가지고 있었던가?

다리를 개방하던 날, 사진 기자들은 카메라 렌즈에 닐스를 담았고 저널리스트들은 마이크와 수첩을 들고 함께했지만, 그럼에도 여전히 닐스는 존재하지 않았다. 기자들은 너무나 바쁘게 움직였고 민감했으며 신경질적이었다.

풍경도 존재하지 않았다. 그들은 확실히 눈앞의 풍경을 보았고 아마도 그 풍경을 좋아했을 것이다. 그들도 분명 그날을 즐겼을 테지만, 풍경 속에 숨어 있는 회색의 어둡고 무거운 측면, 노동과 수고와 투쟁, 그리고 매일의 일상을 보지는 못했다. 잊힌 노동자들이 만든 특별한 인공 도시. 저널리스트들 중 한 명이 다가와 닐스의 이름을 수첩에 적었다. 닐스는 총리와 함께 사진을 찍었다. 그 사진이 신문에 실렸을 때, 그는 자신의 이름이 잘못 적혀 있는 것을 발견했다. 그는 닐스 위그가 되었다.

여기, 내 얼굴을 가져가라. 그냥 가져가라. 그들이 내 얼굴을 원한다면 여기 있는 얼굴을 가져가도 좋다. 시간의 일부였던 얼굴, 더는 시간의 일부가 아닌 얼굴, 시간에서 벗어난 얼굴. 거의 모든 얼굴이 그러하듯 한 얼굴이 스쳐 간다. 이제는 보이지 않는, 얼굴 없는 존재들. 어부, 농부, 석공, 주부, 교사, 미화원, 조산사, 기계공. 마을과 도시를 창조했던 그들, 그곳에 살다가 이제는 풍경을 잃어버린 그들. 어떤 얼굴은 여전히 빛과 생기를 머금고 완고하게 스스로의 모습을 유지하고 있지만, 어떤 얼굴은 변화하고, 포기하고, 길을 잃거나 상황을 받아들인다. 거기에는 시간이 존재한다. 그 얼굴들에서 고난과 기쁨 등 수많은 순간들을 찾아볼 수 있다. 우리는 아침에 눈을 뜨고 서로를 향해 돌아눕는 그 순간, 진정으로 우리가 어떤 존재인지 볼 수 있다. 어떤 얼굴은 아침에 일어날 때와 저녁에 잠자리에 들 때 모든 것을 이야기하고, 메시지를 전한다.

눈을 뜨거나 감은 채로 꾸었던 꿈을 내보이고 꿈꾸었던 모든 것을 말한다. 오늘도 우리에게 오늘의 얼굴을 주소서. 어떤 얼굴은 자신의 진짜 얼굴을 숨기고 드러내지 않는다. 이제 내 얼굴을 가져가라. 여기 내 얼굴이 있다. 더는 아무런 가치가 없는 얼굴, 풍경처럼 닳아버린 얼굴, 수면처럼 주름진 얼굴. 나는 닐스 비크, 내게는 배가 있다. 나는 이 배를 얼굴들로 가득 채우고 피오르를 건넜다. 그 무엇과도 비교할 수 없는 일이다. 아침이 되면 배는 조심스레 피오르를 찾아 나서고, 저녁이 되면 배는 살금살금 집으로 돌아왔다. 존재해왔던 내 얼굴은 이제 더는 찾아볼 수 없다. 나는 속도를 잃고, 허공을 표류하고, 물이 된다. 나의 대부분은 물로 이루어져 있고, 내 얼굴은 다시 물이 될 것이다. *내 사랑, 나는 당신을 기다리고 있어요.*

피오르의 외곽. 아스크. 그로피오르. 스바르트셰르. 크로쇠위. 풍경이 열리고, 구름이 쌓이고, 바람이 바다를 가른다. 각각의 밀물은 썰물을 동반한다. 부풀어 올랐던 피오르에서는 다시 물이 빠져나갔다. 오후의 공기가 산기슭에 내려앉는다. 곧 배 위에 황혼이 찾아들 것이다. 그의 발밑에선 기계가 움직인다. 이 배의 엔진은 지금껏 단한 번 교체되었다. 그는 60년대 중반에 20마력의 벅 디젤 엔진을 배에 장착했다. 그런 엔진은 녹이 슬지 않도록 관리만 잘한다면 평생 유지할 수 있다. 디젤 탱크를 확인하던 그는 연료 계기판의 바늘이 올라간 것을 보았다. 도대체 무슨 일일까? 연료 계기판의 바늘이 올라가다니? 그는 계기판을 쿵쿵 쳤다. 여전히 바늘은 그 자리에서 움직이지 않았다. 배를 타고 나왔을 때보다 디젤 양이 많아진 것이다. 그렇다, 시간을 거슬러 항해하면 이런 일이 생긴다. 배는 무엇이 최선인지 잘 알고 있다. 그는 오메가 시계도 두드려보았다. 방금 오후 1시 45분이 아니었던가? 시곗바늘은 갑자기 **2시 30분**을 가리키고 있었다. 오메가 시마스터 시계가 잘못될 리 없었다. 문득, 그의 몸에서 시간이 빠져나가는 것 같았다. 그는 여전히 이 몸 안에 있다. 시간은 그의 몸속에 존재하고, 그의 머릿속에 존재한다. 모든 것은 몸과 영혼, 앞과 뒤, 두 개의 반쪽 퍼즐 사이의 그 어딘가에 존재하며 서로 끼워 맞추어지려고 노력한다. 시간은 우리가 태어나는 날부터 시작해 우리가 점점 더 강해지고, 더 커지고, 더 현명해지고, 더 빨라지고, 더 명료해질 때까지 함께하다가 천천히 내리막길로 향한다. 우리는 더 약해지고, 더 느려지고, 더 취약해지며, 어떤 일을 해보려는 우리의 열정은 사그라든다. 그는 이제 이것을 알고 있다. 천천히 시작해 천천히 끝을 맺을 것이다. 닐스 비크는 천천히 성냥을 들어 올려 담배에 불을 붙였다. 그는 눈을 감고 엔진 소리를 들었다. 천천히, 천천히. 내겐 시간이 많아. 온 세상의 시간이 다 내 것인걸. 그는 피오르를 벗어나려던 중이었다. 그는 일정한 속도를 유지하며 규칙적으로 나아간다고 확신했지만, 알고 보면 거대하고 끝없는 원을 그리며 움직이고 있는 것이 틀림없었다.

그는 얼마 전 신문을 보다가 이 세상에는 동서남북의 네 방향이 아니라 앞뒤 두 방향만 존재하고, 이 앞뒤 사이의 거리는 환상이므로 여행 또한 환상에 불과하다는 이론을 접한 적이 있었다. 이 이론에 의하면 지구는 소시지처럼 생겼다고 했다. 그는 그것을 읽으며 웃음을 참을 수 없었다. 그 이론을 고안한 사람은 아일랜드의 한 철학자였다. 닐스는 루나를 깨워 이 이론을 설명해주려 했다. 루나는 잠에 취해 고개를 끄덕이다가 곰곰이 생각에 잠겼다. 잠시 후, 루나는 피오르에서는 충분히 그 이론을 적용할 수 있다고 말했다. 물 위의 길이 땅 위의 길보다 훨씬 친절하고 호의적이라고도 말했다. 땅 위의 길은 낡고 딱딱하고 무섭다고 했다.

개가 기지개를 켜고 하품을 했다.

육지에서는 땅이 항상 따라다녀요. 루나가 말을 이었다. 아무리 멀리 달려 나가도 땅을 떨쳐버릴 수 없어요.

그가 가장 선명하게 기억하는 것은 무엇일까? 어느 일요일 아침 그는 늦잠을 자려고 했다. 그에겐 잠이 필요했기에 조금이라도 더 자려 애썼다. 그도 그럴 것이 전날 밤새도록 바다에 있었기 때문이다. 그는 꿈을 꾸었다. 그의 배는 물속에 가라앉았고, 조타실에는 서서히 바닷물이 차오르기 시작했다. 그는 바다 밑에서 수면을 올려다보며 무기력하게 누워 있었다. 갑자기 한쪽 귀에 물이 들어오는 것을 느낀 그는 황급히 눈을 떴다. 두 딸이 그의 몸 위에 앉아 있었다. 엘리와 구로는 물 한 병을 침대 위로 가져와 그의 반응을 보며 키득키득 웃고 있었다. 아침 해가 먼 산 위에 걸려 있는 일요일 아침, 침대보와 마룻바닥과 아이들의 머리 위로 햇살이 내려앉을 때, 아이들의 숨소리와 웃음소리를 듣는 것만 한 행복은 없다. 아이들은 그의 머리에 물을 부으면 물이 왼쪽 귀로 들어가 오른쪽 귀로 흘러나오는지 시험해 보는 중이라고 했다.

8월의 그날 아침, 닐스는 집을 떠나는 구로를 위해 계란을 굽고, 커피와 팬케이크를 만들어 자두잼과 함께 식탁 위에 올려놓았다. 하지만 구로는 그다지 배가 고프지 않은 모양인지 계란프라이를 접시 가장자리로 밀어놓고 커피만 마셨다.

긴장이 되어서 그러니? 닐스가 물었다.

구로는 혀를 삐죽 내밀었다.

마르타는 부두에서 막내딸과 작별 인사를 나누면서 도착하자마자 전화하라고 말했다. 부두에 함께 있던 구로의 남자친구는 그녀를 차마 보낼 수 없는 듯 놓아주려 하지 않았다. 두 사람은 배에서 조금 떨어진 곳에서 서로를 부둥켜안고 나직한 목소리로 대화를 나누었다. 구로가 배에 올랐을 때, 닐스는 그녀의 남자친구가 울고 있는 것을 보았다. 사실은 닐스도 전날 밤 거의 눈물을 흘릴 뻔했다. 그는 술 한 잔을 앞에 두고 감상적으로 변했다. 아이들이 모두 집을 떠나 독립하면 우리는 무엇이 되는 걸까? 집은 어떤 곳으로 변할 것인가? 마르타는 닐스의 얼굴이 언젠가 죽은 소를 수거해 갈 트럭을 기다리던 이웃 남자의 얼굴과 똑같다고 놀렸다. 그런 말은 마세요. 그가 불평했다. 나는 단지 당신의 표정이 어떤지 말했을 뿐이에요. 마르타는 창가에 서서 밖을 내다보고 있던 그에게 다가갔다. 그녀는 닐스의 등에 몸을 기대고 두 팔로 감싸안았다.

그들이 배를 타고 도시로 향하던 그날 아침, 구로는 입가에 미소를 머금고 조타실에 앉아 있었다.

왜 웃니? 닐스가 물었다.

어머니나 아버지가 내 방에 몰래 들어가 벽에 걸린 포스터들을 떼어내기까지 얼마나 걸릴지 궁금해서요.

그 포스터들은 네가 집에 돌아올 때까지 가만히 놓아둘 생각이야.

구로가 웃으며 그를 바라보았다.

오늘 일지에는 무엇을 쓸 건가요?

도시로 가는 너와 나에 대해 쓸 것 같은데?

어떻게 쓰실 건가요?

그건 두고 보면 알겠지.

그는 그날 일지에 기록된 내용을 모두 읽어보았다. 뚜

렷하고 맑은 시야. 화창한 날씨. 남서풍. 그는 그때 이미 되돌릴 수 없다는 것을 알고 있었다. 그는 도시에 도착했을 때 그녀의 남자친구가 그랬듯 딸을 꼭 안아줄 수도 있었다. 마치 나무라듯이. 하지만 닐스가 그곳에 머물기 위해 투쟁했던 것처럼 아이들은 그곳에서 벗어나기 위해 투쟁했다. 그는 모든 사랑과 관심을 아이들에게 아낌없이 쏟았지만, 그것만으로는 충분하지 않은 모양이었다. 엘리는 오래전에 떠났다. 이제 구로 차례였다.

그는 자신의 삶을 이렇게 생각했다. 늘 피오르로 나가는, 탐험가의 삶이지만 그 지리적 위치는 제한되어 있다고. 그는 가족들을 데리고 멀리 가본 적이 없었다. 마르타의 꿈은 베르사유에 가보는 것이었다. 그는 이유를 알지 못했다. 다만 그녀는 베르사유궁전의 정원, 잔디밭, 울타리와 꽃을 사진에서 본 적이 있었다. 그에게도 꿈이 없진 않았다. 그는 로마나 런던이나 뉴욕 같은 낯선 도시의 호텔에서 눈을 뜨고 일어나 햇빛이나 비를 맞으며 산책을 하고, 지나가는 검은색이나 노란색 택시를 보며 공기 중에서 사계절을 느껴보는 것이 꿈이었다. 두 딸들은 당연히 그의 배에 타본 적이 있었다. 하지만 배 안에서는 항상 양들의 똥 냄새가 났다. 가끔은 피, 땀, 소변 냄새가 나기도 했다. 그건 부정할 수 없는 사실이었다. 그는 때때로 부상당한 사람들, 심지어는 시신까지 수송해야 했고, 도살장으로 양을 운반하기도 했다. 양들은 곧 다가올 죽음이 두려워 배 안에 똥을 쌌다. 두 딸은 이 냄새를 싫어했다. 그는 배를 닦고 씻었지만, 희미하게 남아 있는 냄새는 지울 수가 없었다. 항상 똑같은 냄새, 수치스러운 냄새였다.

그날, 구로는 배가 도시 항구에 이르기 직전에 그에게 다가와 두 팔로 포옹을 건넸다.

괜찮아요, 아버지? 그녀가 물었다.

그럼, 괜찮고말고. 그런데 누가 마중을 나오기로 했니?

네, 아버지.

돈은 있니?

네, 아버지.

여권은?

네, 아버지.

우산은?

네, 아버지.

음, 피…… 피임약은?

네, 아버지.

나를 사랑하니?

네, 아버지.

로버트 소트는 순의 주유소 안에서 기다렸다. 그는 마치 수년 동안 그곳에 서 있던 사람처럼 황혼의 네온 빛 아래에 서 있었다. 카타리나 패딩, 청바지, 배에 늘어뜨린 카메라, 어떤 날씨에도 사용할 수 있는 선글라스. 로버트가 오른손을 번쩍 올리고 늘 그랬듯 엄지손가락을 치켜세웠다. *헤이, 미스터 페리맨!* 닐스는 이 피오르에서 배를 히치하이킹하는 사람은 거의 없다고 말해주었다. 로버트는 자기에겐 꽤 괜찮은 방법이라며 이것 보라고, 닐스가 근처를 지나칠 때마다 항상 배를 탈 수 있지 않냐고 했다.

담배 있어요? 배에 오른 로버트가 물었다.

오래 기다렸나요? 닐스도 질문을 던졌다.

네, 기다리는 동안 담배를 지독하게 피웠어요. 죽은 사람이 시간을 보내기 위해 할 수 있는 유일한 일은 담배 피우는 것뿐이랍니다.

그 미국인은 꽤 오랫동안 거기 서 있었던 것이 틀림없었다. 그는 담배에 불을 붙이면서 몸을 쭉 뻗고 양쪽 발에 번갈아 가며 체중을 실었다. 닐스도 담배를 입에 물고 불을 붙이기 위해 잠시 기다렸다. 배는 부두를 떠났다. 포마드를 발라 옆으로 빗어 넘긴 로버트의 머리는 아직도 헝클어짐 없이 제자리를 지키고 있었지만, 색깔은 회색으로 변해 있었다. 그는 온통 회색투성이였다. 회색 옷에 회색 코트. 조타실의 불빛이 그의 작은 눈 위에 자리한 회색 눈꺼풀에 닿았다. 닐스는 그를 처음 본 날부터 좋아했고, 어디선가 갑자기 불쑥 나타난 그를 주저 없이 배에 태웠다. 로버트 소트는 자연 속에서 벌거벗고 돌아다니는 소녀들이 등장하는 노르웨이의 음란한 책들에 대한 소문에 이끌려 여기까지 왔지만, 책은커녕 그런 소녀들을 코빼기도 볼 수 없었다고 말했다. 로버트는 닐스의 집에서 몇 주 동안 머물다가 노르웨이의 다른 곳으로 사진을 찍으러 떠나기를 반복했다. 그는 항상 카메라를 목에 걸고 미소 띤 얼굴로 오른손 엄지손가락을 치켜든 채 어디선가 불쑥 나타나곤 했다. 배에 태워주세요. 나를 데려가줘요. 닐스는 그를 지켜보고, 그의 말에 귀를 귀울였으며, 그의 이야기와 그의 의견과 그의 지식으로 자신의 머리를 가득 채웠다. 닐스는 로버트를 거두어들였고, 그를 받아들였으며, 그가 뿌리를 내리고 정착할 수 있도록 인도해 주었다. 일지 어딘가에 닐스는 이렇게 적었다. *그런 친구는 두 명이 있을 수 없다. 그런 친구는 인생에서 딱 한 번 만날 수 있다.*

피오르를 가로지르며 여행하는 동안 로버트 소트는 카메라를 배 위에 늘어뜨리고 루나를 무릎 위에 올린 채 앉아 있었다. 그는 피오르의 구석구석을 보고 싶어 했다. 그는 피오르를 사랑한다며 큰 소리로 외쳤다. 빌어먹을 피오르! 그는 문과 창문을 모두 열어놓기를 원했다. 나는 공기와 산의 소리를 듣고 싶어요. 돌멩이와 구름의 소리도 듣고 싶어요. 그가 말했다. 그러면 우리는 얼어 죽을 거예요. 닐스가 말했다.

잠깐만, 잠깐만! 저 안에 있는 건 뭔가요, 닐스?

저 안에? 아무것도 없어요.

아니, 틀림없이 뭔가가 있어요. 무無는 존재하지 않아요. 우리 저기로 들어가봐요.

로버트 소트는 아무도 없었다고 여겨지는 곳에 기억을 놓아두고 싶다고 말했었다. 기억은 폭동이었다. 기억은 저항이었다. 기억은 말했다. *우리도 여기 있었어!* 그는 전쟁 직후 재건이 필요했던 노르웨이에 대한 이야기를 하고 싶어 했다. 전쟁과 죽음과 악행을 이제 더는 견딜 수 없다고 했다. 그는 베트남 전쟁 당시 후에와 사이공에 머물렀는데, 그중 얼마간은 마치 소풍을 나온 듯한 국제 기자단과 함께 생활했었다. 기자들과 따로 떨어진 후로는 후에의 외곽 지대를 홀로 돌아다녔다. 거리와 도랑에 널브러진 시신들 사이에서 도움을 청하는 한 소녀의 외침이 그의 귓전을 스쳤다. 소녀의 옅은 색 옷은 핏자국으로 거뭇거뭇했다. 그날 오후, 소녀는 그의 품 안에서 숨을 거두었다. 병원에 도착하기 직전이었다. 소녀가 마지막 숨을 쉬자마자 한 남자가 손수레를 가져와 시신을 거두었고, 이미 시체로 가득한 들판에 그녀의 시신을 던졌다. 바로 그 순간, 로버트 소트는 삶과 죽음 사이에 존재하는 모든 것을 사진에 담으며 남은 생을 보내기로 결심했다.

로버트가 닐스의 어깨에 머리를 기댔다. 그는 한동안 그렇게 있다가 닐스를 쳐다보았다. 그의 머리는 예전과 다름없이 묵직했고, 그의 미소는 닐스가 보았던 미소 중 가장 아름다웠다.

나는 우리가 함께 늙어갈 거라고 생각했어요. 로버트가 미소를 지으며 말했다.

나도 그렇게 생각했어요.

닐스는 미국인에게서 몸을 떼어냈다.

당신은 말없이 사라졌어요.

맞아요, 그랬죠.

그러다가 죽었나요?

네, 나는 그러다가 죽었어요.

닐스는 무슨 일이 있었는지 물었다. 사고사였나요? 돌연사였나요? 다시 노르웨이로 돌아올 생각은 없었나요? 로버트는 미국에 돌아가 여기저기서 조금씩 일을 했다.

그는 두 편의 장편영화에서 스틸 사진 작가로 일하게 되었는데, 그중 한 편은 캐나다의 앨버타 외곽 지역에서 촬영했다고 했다. 배우들이 4성 호텔에 묵는 동안 그는 곰팡이 냄새가 나는 모텔에서 지냈고 그의 창문 바로 밖에서는 개가 밤낮으로 짖어댔다.

어느 날 아침 이른 시각에 눈을 떴더니 모텔 침대에 불이 붙어 있지 않겠어요. 로버트가 말을 이었다. 아마도 비몽사몽간에 담배를 피웠었나 봐요. 전날 밤에 과음했으니 술이 덜 깬 탓도 있었겠죠. 보아하니 담뱃불이 침구에 붙었던 것 같아요. 침대는 금방이라도 폭발할 것처럼 맹렬한 기세로 타들어 갔답니다.

그가 웃음을 터뜨렸다.

참 어이없는 일이에요, 그렇죠?

그래요, 참 어이없는 일이네요.

불길이 로버트를 감싸며 치솟았을 때, 그는 천장을 바라보며 생각했다. 지금껏 지구의 반 이상을 돌아다니며 그 모든 고통과 괴로움을 보고 기록했고, 수많은 위급 상황에서도 살아남았는데 지금 여기, 신의 손길도 닿지 않는 시골 마을의 한 모텔 침대에 홀로 누워 산 채로 불에 구워지고 있구나. 젠장!

닐스는 로버트가 미국으로 돌아갈 것이라고 말했던 일요일을 떠올렸다. 유난히 날씨가 좋은 여름날이었다. 그들은 배를 타고 산되위섬으로 가서 맥주를 마시고 구운 소시지를 먹었다. 마르타와 닐스의 두 딸도 함께 갔다. 빛은 피오르를 깨끗이 씻어냈고 햇살은 그들의 뒤통수에 따갑게 내리쬐었으며 공기 중의 열기는 그들의 살갗을 파고들었다.

왜요? 마르타는 이유를 알고 싶어 했다.

사실 집에 가본 지도 꽤 오래되었어요. 로버트가 설명했다. 이젠 나 자신을 재정비하고 돈도 좀 벌어야 할 것 같아요.

침묵이 흘렀다. 닐스는 그 침묵을 깨야 한다고 생각했다.

얼마나 오래 머무를 건가요, 밥? 닐스가 물었다.

솔직히 잘 모르겠어요. 로버트가 대답했다.

그럼 언제 돌아올 생각인가요?

그것도 잘 모르겠어요.

마르타가 갑자기 벌떡 일어나 해변을 따라 걷기 시작했다. 팔짱을 낀 그 모습을 보고 닐스는 그녀가 화를 삭히려 애쓰고 있다는 것을 알았다. 그는 아내도 자신과 마찬가지로 그들의 삶에 들어온 미국인의 에너지와 열정, 존재 방식에 익숙해져 있기 때문이라고 생각했다. 우정 속에 존재하는 것은 힘과 잠재력이며 이것은 서로의 존재와 친근함을 보장해준다. 로버트와의 우정도 마찬가지였다. 비록 그가 떠난다 할지라도.

돈을 좀 빌려줄 수 있나요? 비행기표를 사야 해요. 로버트가 말했다.

그녀를 사랑했나요? 닐스가 물었다. 로버트는 대답하기 전에 한참 뜸을 들였다. 왼쪽 창문을 열고, 담배를 피우며 어둠이 스며든 황혼을 응시하던 로버트가 마침내 말문을 열었다.

마르타 말인가요?

네. 당신은 마르타를 사랑했나요?

네, 나는 그녀를 사랑했어요.

확실한가요?

물론 확신할 수는 없어요.

당신이 떠났던 것은 그 때문이었나요?

미국인은 그런 상황에서 한 남자가 해야 할 일을 했어야 했다고, 모든 것을 솔직히 털어놓고 말끔히 정리했어야 했다고 말했다. 그러지 못했기에 그는 떠났던 것이고, 더 이상 마르타를 볼 수 없고 마르타의 이름을 들을 수 없고 마르타가 바라보는 산을 함께 바라볼 수 없다면 다시 마음이 편해지는 날이 올 것이라 믿었다고 했다.

로버트가 침묵했다. 닐스는 기다렸다.

하지만 아무 일도 없었어요, 닐스.

아무 일도 없었다고요?

네. 나는 걱정할 만한 일이 일어나기 전에 떠났어요.

당신은 한 가정을 파괴하려고 했어요.

내가요? 그건 아니에요. 나는 오히려 당신의 가족을 구하려고 노력했어요. 바로 그 때문에 짐을 싸서 떠났던 것이랍니다. 떠나기 싫었지만 떠났다고요, 닐스. 나는 당신의 삶을 살고 싶었지만 깨끗이 포기하고 떠났어요.

둘 사이에 침묵이 흘렀다.

로버트는 마르타가 어떻게 지냈는지, 그녀가 어떻게 죽었는지 물었다.

당신은 그런 것을 물어볼 자격이 없어요. 있을 수 없는 일이에요. 당신이 마르타에 대해 물어봐야 할 이유는 하나도 없다고요.

두 사람은 서로를 째려보았다.

하지만 당신은 다른 무언가를 갈망한 적이 단 한 번도 없었나요, 닐스?

다른 여자 말인가요?

네, 사람들이 무언가를 갈망할 때는 이미 가지고 있는 것이 아니라 자신에게 없는 것을 갈망하기 마련이죠.

그만해요, 밥.

내가 왜 입을 다물어야 하나요? 당신이 불륜에 소질이 없다고 해서 내가 당신을 비난하지 말아야 할 이유는 없잖아요? 사람들을 움직이는 것은 불행이에요, 닐스, 비극이 사람들을 좌지우지한다고요.

그건 헛소리일 뿐이에요. 당신도 잘 알고 있잖아요.

하지만 행운은 무엇에 사용할 수 있을까요? 욕망은 또 어떤가요? 의심과 회의? 질투? 슬픔과 고통이 없는 삶은 어떤 것일까요? 당신은 마치 책의 첫 장만 읽는 사람 같아요.

고맙군요. 하지만 그녀는 내 여자였어요. 나의 아내. 내 사람이었다고요.

내가 가장 잘 기억하고 있는 것도 그거예요, 닐스. 다른 사람을 원하는 것, 낯선 살갗을 갈망하는 것, 잠옷 차림 또는 벌거벗은 채로 벽에 기대어 있는 그녀를 상상하는 것.

우리가 공유하고 있는 것에 대해 그딴 식으로 말하지 마세요.

우리가 무엇을 공유했나요?

마르타. 우리는 둘 다 마르타를 사랑했어요.

그들은 한동안 침묵했다. 닐스는 로버트에게 한 발짝 다가가 두 팔로 그를 감싸안았다. 미국인은 닐스의 손에서 벗어나며 선실에 누워 잠시 쉬고 싶다고 말했다. 죽은 자의 삶을 산다는 것은 매우 힘든 일이거든요.

고개를 끄덕이던 닐스는 로버트가 스스로 목숨을 끊은

줄로만 알았다고 말했다. 마르타도 그렇게 생각했다. 그들은 로버트가 세상을 떠난 지 몇 주 후에 전화를 받았다. 로스앤젤레스에 살던 로버트의 형은 닐스에게 전화를 해서 집에서 장례식을 치렀다고 전했다. 그들이 알게 된 사실은 그것이 전부였다. 그 소식을 들은 마르타는 완전히 정신이 나간 사람처럼 슬퍼했고, 로버트가 세상을 떠난 것이 자신의 잘못이라고 확신했다.

아니, 아니에요. 내가 말한 그대로였어요. 로버트가 말을 이었다. 조그마한 불똥, 펑! 그리고 끝이 났죠. 순식간에 일어난 일이었어요. 한 번 더 경험해도 아무렇지 않을 만큼! 감사한 일이죠.

그는 웃음을 터뜨리며 문 앞에 서 있었다.

마르타는 뇌졸중으로 죽었어요. 닐스가 말을 이었다. 첫 증상이 있었을 때는 다행히 극복했지만 얼마 뒤 재발했을 때는 손을 쓸 수가 없었어요. 그리고 끝이 났죠.

로버트는 손가락으로 머리카락을 빗으며 갑판을 내려다보았다. 잠시 후, 도대체 어떻게 알았냐고 닐스에게 물었다.

우연히 사진을 봤어요. 닐스가 말했다.

미국인이 사진에 담았던 것은 무엇이던가? 그렇다, 그는 황혼의 어선들을 찍었다. 배들은 어둑한 피오르에서 마치 이글이글 불타는 눈동자처럼 보였다. 그는 앞치마를 두르고 들판에 서 있는 여인의 사진을 찍었다. 그는 농가 마당을 가로질러 뛰어가는 아이 세 명을 찍었다. 사내아이 두 명과 그 뒤를 따르는 작은 여동생, 대문 옆에 있는 하얀 강아지. 아이들은 오랫동안 집을 비웠던 아버지가 마침내 배를 타고 들어오는 부두를 향해 달렸다. 그는 마치 영화 속의 엑스트라처럼 먼바다를 응시하는 건장하고 자신감 넘치는 남자의 사진을 찍었다. 그는 장례 행렬을 찍었다. 그는 아이스크림 가게 앞에서 기다리는 루나의 사진을 찍었다. 그는 마르타의 사진을 찍었다. 속옷 차림으로 침대 위에 앉아 있던 그녀는 손을 들어 올려 머리의 집게 핀을 뽑았다. 그는 그녀의 오른발을 찍었다. 하이힐을 신은 그녀의 발이 사진 속으로 걸어 들어오는 것 같았다. 그녀는 햇살이 가득한 방 안에 앉아 있었다. 그는 그녀의 엉덩이를 찍었고, 닐스가 볼 때마다 감탄해 마지 않는 그녀의 길고 매력적인 팔다리를 찍었다. 약간 초점에서 벗어난 듯한 푸른 눈동자. 손에 쥔 담배. 닐스를 가장 놀라게 만들었던 것은 이상하게도 그녀가 담배를 쥐고 침대에 앉아 있다는 사실이었다. 그가 아는 한 그녀는 담배를 피운 적이 없었다. 마치 그가 알지도 못하고 접근할 수도 없는 또 다른 마르타가 존재하는 것 같았다. 그의 아내는 누구였던가? 그의 가장 친한 친구는 누구였던가? 닐스는 그 사진들을 제자리에 다시 넣어두었다. 그는 한동안 가만히 앉아 있다가 주먹을 불끈 쥐고 온 힘을 다해 앞에 있던 테이블을 내려쳤다. 주먹으로 테이블을 치고, 머리를 벽에 부딪치고, 무릎으로 문을 쳤다. 그는 아무것도 느낄 수 없었다. 아픔이 느껴지지 않았다. 그는 그저 치고, 두드리고, 때렸다. 콘크리트 벽에, 금속에, 나무

에 주먹질을 했다. 그는 손목도 그었지만 아무것도 흘러
내리지 않았다. 그는 무릎을 꿇고 앉아 바닥을 내리치며
무언가 열리는 소리가 들리는지 살폈다. 그는 층간에 빠
지고 습지와 어두운 숲에 삼켜지고 바다에 떨어지고 차
디찬 심연으로 가라앉았다.

비카에 있는 그들의 집은 완전히 다른 집이 되어버렸다. 처음에 의심은 대문 밖 계단 위, 비와 바람 속에 서 있었다. 하지만 경계심이 사라지자마자 그것은 집 안으로 들어와 보이지 않는 삶을 살면서 차례차례 방들을 채웠다. 의심은 침대 위에도 기어올랐다. 밤이 되어 잠자리에 들 때면 닐스는 마르타에게서 얼마나 떨어져 누워야 할지 몰랐고, 두 사람이 주고받던 온기는 더 이상 서로에게 닿지 않았다. 집 안의 층과 층 사이에도 이상한 일이 생겼다. 그들에겐 각자의 층이 생겼다. 마르타는 아래층, 닐스는 위층을 차지했다. 그 일이 있기 전, 그녀는 집 안을 깨끗하게 정리하고 청소하는 사람이었고 그는 지저분하게 어지르는 사람이었다. 마르타는 신문이나 옷가지를 아무

곳에나 놓아두지 말라고 그를 타박했다. 이 집은 그가 혼자 사는 집이 아니라고 했다. 그 일이 일어난 후, 그는 자신이 머무르는 위층을 반짝반짝 빛이 나도록 정리하고 닦았다. 이제 그는 적어도 세상의 작은 한 부분만큼은 통제할 수 있게 되었던 것이다. 어느 날 그가 피오르에서 돌아왔을 때 집은 사람들로 가득했다. 남녀노소가 담배 연기에 휩싸인 채 거실 소파에, 의자에, 의자 팔걸이에, 바닥에 앉아 있었다. 그들은 토요일 저녁이면 머리 위로 두 팔을 올린 채 춤을 추었고, 닐스가 우유를 마시던 잔에 와인을 부어 마셨다. 그중 어떤 남자들은 턱수염을 기르고 네모난 안경을 끼고 있었다. 그는 피오르에 사는 사람들의 대부분을 안다고 생각했고 마르타의 친구도 두 명 정도 알고 있었지만, 거실에 있는 사람들은 낯설기만 했고, 대부분은 열 살에서 열두 살 정도 어리게 보였다. 닐스는 거실에 고개를 들이밀고 인사를 건넨 후 2층으로 올라가곤 했다. 위층에는 두 딸이 마치 다가올 위험에서 서로를 보호하기라도 하듯 한 침대에 나란히 누워 자고 있었다. 닐스는 아이들의 이마에 입을 맞추었다. 방 안에는 온기가 어려 있었고, 그 온기는 아이들의 살갗에서 나오는 것이었다. 그는 가끔 잠자리에 들기 전 계단 위에 숨을 죽이고 서서 아래층에서 들려오는 소리에 귀를 기울이기도 했다. 그렇게 하면 더 많은 것을 이해할 수 있을지도 모른다는 생각 때문이었다. 그는 자신의 발밑에 생겨난 새로운 세계에 대한 정보에 굶주려 있었다. 아래층은 마치 신비롭고 유혹적이며 오래된 것들과 새로운 것들이 공존하는 바다 같았고, 사람들은 바닷물 속의 해초와 미역처럼 흐느적거리며 춤을 추었다. 아래층의 소리가 바닥을 타고 위층까지 올라왔다. 그는 사람들의 목소리와 함성, 노래와 베이스 음을 들을 수 있었다. 문득 어느 여인의 말소리가 들렸다. *우리에겐 정말 한 계절밖에 없는 걸까? 이 여름 한 철이 지나면 정말 끝이 나는 걸까?* 그는 그것이 마르타의 목소리일지도 모른다고 생각했지만 확신할 수는 없었다.

어느 날 저녁, 그는 현관에서 점퍼와 장화를 벗고 술 한 잔을 손에 들고서 거실로 갔다. 그는 자신의 집 아래층을

점거한 사람들 사이에 끼어 앉았다. 닐스는 그들이 하는 말을 들었고, 그들의 눈을 바라보며 고개를 끄덕였다. 폭격을 하면 한 나라 전체를 석기시대로 되돌릴 수도 있어. 한 남자가 말했다. 사실 남쪽과 북쪽이 전쟁을 하는 게 아니라 따지고 보면 동쪽과 서쪽이 전쟁을 하는 거라고. 다른 남자가 말했다. 마르타는 닐스에게 로버트가 베트남에서 찍은 사진을 제대로 보았는지 물었다. 그 사진들은 모든 것을 말해줘요. 마르타는 FNL(남베트남 민족해방전선—역주) 로고가 새겨진 블라우스와 청바지 차림으로 소파 한가운데에 매우 편안하게 앉아 있었다. 그녀는 담배를 피웠고 닐스가 이전에는 한 번도 들어보지 못했던 웃음소리를 냈다. 그는 마르타가 그 사진들에 관한 이야기를 꺼냈다는 사실을 이해할 수도 없었고, 좋아할 수도 없었다. 닐스는 사람들이 벌이는 논쟁에 귀를 기울였지만, 사람들은 닐스의 말에 귀를 기울이지 않았다. 그들은 닐스가 입을 열자마자 반론을 쏟아냈고 등을 돌렸다. 그 때문에 그는 짜증이 났다. 그는 하루 종일 라디오를 듣고, 매일 처음부터 끝까지 신문을 읽고, 『라이프』와 『내셔널

지오그래픽』을 구독하는 사람이었는데 말이다.

아침이 되자 닐스는 아래층을 청소했고 마르타는 2층에 올라가 잠을 잤다. 그는 담배꽁초와 빈 맥주병을 치웠고, 소파의 쿠션을 두들겨 먼지를 털어냈고, 포도주를 흘린 자국에는 소금을 뿌렸다. 마르타가 헝클어진 머리를 빗지도 않은 채 아침 식사를 하기 위해 맨발로 내려왔다. 그녀는 컵에 물을 가득 따라 마시고 말없이 서 있었다. 닐스는 아내를 바라보았다. 수년 동안 삶의 한 부분이었던 여인, 이제는 그의 삶에서 벗어난 여인.

이렇게 하는 게 도움이 된다고 생각하나요? 그가 물었다.

뭐가요? 그녀가 되물었다.

소파에 앉아 담배를 피우고 술을 마시면서 세상의 문제를 해결하려는 것 말이에요.

물론, 그렇지 않아요. 하지만 누군가가 속내를 털어놓고 조금이나마 화내는 모습을 보여준다면 살아가기가 더 쉬울 것 같긴 해요. 그렇게 생각하지 않나요?

알았어요. 내가 현실주의자라면 당신은 이상주의자인

것 같군요.

당신은 배에 관해서는 모든 것을 알고 있어요, 닐스. 하지만 정치에 대해서는 아는 게 그다지 많지 않은 것 같더군요. 이젠 매일같이 읽는 그 신문 외에 다른 것도 좀 읽어보세요.

담배를 피웠던가요?

나는 파티를 할 때만 담배를 피워요. 갑자기 그건 왜 묻나요?

아니, 나는 당신이 담배를 피우는 줄 몰랐어요.

닐스, 당신은 매사에 너무 완벽하려고만 해요. 그렇지 않나요? 모든 일을 올바르게 해내고, 모든 일에 잘 대처하고 견뎌내야 하는 사람이죠. 당신이 여길 어떻게 정리하고 청소했는지만 봐도 알 수 있어요.

내가 집을 어지르는 게 더 낫다고 생각하나요?

글쎄요, 그건 잘 모르겠어요. 닐스, 나는 단지 당신의 높은 기준에 부응하려고 노력할 뿐이에요. 하지만 아무래도 힘들 것 같군요.

닐스는 잠시 가만히 서 있다가 그녀의 손에서 컵을 빼

앗아 들고 벽을 향해 내던졌다. 유리컵은 수천 조각으로 깨졌다.

이렇게 하니 더 나은 것 같나요? 그가 물었다.

그녀는 그를 보며 고개를 저었다. 그녀의 입가에는 마치 닐스가 그런 반응을 보였기에 만족한다는 듯한 미소가 스쳤다.

나를 떠날 건가요? 그가 물었다.

물론 내가 당신을 떠나는 일은 없을 거예요. 그녀가 대답했다.

4월의 어느 일요일, 보트 창고에서 나온 닐스는 집의 아래층 전체가 아이들로 북적북적한 것을 보았다. 한 무리의 아이들은 바닥에 엎드려 흰색 배너 위에 빨간색으로 무언가 쓰고 있었고, 또 다른 한 무리의 아이들은 복도에 모여 앉아 판지 위에 검은색 마커로 글자를 쓰고 있었다. 포스터에는 '양키 고 홈'이라고 적혀 있었다. '서양의 수치'라고 적힌 포스터도 있었다. 부엌에는 엘리와 구로가 앉아 포스터에 적힌 '평화'라는 글자에 색칠을 하고 있었다.

닐스는 마르타를 끌고 집 뒤편의 계단으로 내려가 도 대체 무엇을 하고 있는 거냐고 물었다.

이런 일에 아이들까지 끌어들일 수는 없어요. 그가 말 했다.

그렇게 하면 안 되는 이유라도 있나요? 그녀가 되물었 다.

마르타, 당신 때문에 우리가 곤경에 빠질 수도 있어요.

어떻게요?

우리 집에 날아드는 청구서에 지불할 돈이 누구 주머 니에서 나온다고 생각하나요?

그의 말은 옳았다. 집 안에 앉아 세상 온갖 것들에 대 해 참견하는 것과, 온 마을이 다 볼 수 있도록 플래카드를 들고 데모 행렬에 참가하는 건 완전히 다른 일이다. 마을 사람들은 그녀의 등 뒤에서 수군거리고 험담을 늘어놓을 것이 뻔했다. 이처럼 작은 마을에는 넘어서는 안 될 경계 선이 있다. 노동절에는 마을을 가로질러 행렬하는 시위 가 있었고, 그로부터 사흘 후 닐스는 교구 목사로부터 전 화를 받았다. 목사는 더 이상 닐스 비크의 배를 이용하지 않겠다고 말했다. 닐스가 지금까지 해왔던 일에 대해서는 비판할 것이 없지만, 이제는 거래를 끊는 것이 양측 모두에게 최선이라고 했다. 목사는 마지막으로 그간의 노고에 감사한다고 덧붙였다.

내 아내 때문인지 물어봐도 될까요? 닐스가 말했다.

그런 건 아닙니다. 이것은 순전히 전체적인 상황을 고려해서 내린 결정입니다. 목사가 말을 이었다. 지금 전 세계는 해체와 붕괴의 경향을 보이고 있습니다. 우리가 사는 지역도 다를 것이 없습니다.

배를 운전하는 사람은 그녀가 아니라 바로 나입니다. 닐스 비크가 반발했다.

당신도 알다시피 우리의 삶은 항상 다른 사람들의 삶에 의해 조명됩니다.

하지만 마르타와 두 딸이 마을을 통과하고 집과 상점을 지나 부두까지 행진하는 모습을 실제로 봤을 때 닐스가 느낀 것은 무엇보다도 자랑스러움이었다. 그해 5월 1일에는 현수막과 포스터가 찢길 만큼 비바람이 세차게 몰아쳤고, 사람들의 행렬은 광활한 풍경 속으로 사라졌다. 언뜻 그들은 바람에 실려 눈 깜짝할 사이에 피오르까지 날아간 것 같았다. 기분 좋게 행렬을 지켜보던 닐스는 불현듯 당황했다. 그녀가 언제든지 마음만 먹으면 금방 아이들을 데리고 집을 떠날 수 있다는 생각이 스쳤기 때문이었다.

목사뿐 아니라 시장과 보안관, 그리고 배에 의존할 수밖에 없는 최소 두 명의 지방의원이 소속된 보수당 지역협회에서 닐스를 해고했다는 소문이 퍼지자 놀라운 일이 벌어졌다. 닐스를 대신해 배를 몰 수 있는 모든 뱃사람들은 서로에게 전화를 걸어 그들 또한 배에 아무도 태우지 않기로 합의했다. 목사는 직접 노를 저어 피오르를 건너는 수밖에 없었다. 목사는 산이 뚱보에게 오지 않는다면 뚱보가 산으로 가야 하지 않겠냐며 자기에겐 오히려 잘된 일이라고 했다. 다음 주 일요일이 되자 피오르 건너편의 교회는 텅 비었다. 6월이 되자 목사는 닐스에게 전화를 걸어 지난번에는 자기가 경솔했으며, 다시 이전으로 돌아가는 게 좋을 것 같다고 말했다. 닐스는 안타깝지만 그럴 수는 없겠다고, 무거운 마음으로 결론을 내렸다고 대답했다.

왜죠? 목사는 이유를 알고 싶어 했다.

전체적인 상황을 고려해서 내린 결론입니다. 닐스가
말했다.

그런가요?

네, 게다가 내 아내의 말은 전적으로 옳습니다. 미국인
들은 하루빨리 베트남에서 철수해야 합니다.

집 안에도 밤이 찾아왔다. 어둠 속에서 미동 없이 서 있는 집의 방마다 고요함이 찾아들었다. 피오르에서 돌아온 닐스는 대문을 등 뒤로 조심스레 닫았다. 문이 닫히는 소리가 딸깍 하고 희미하게 들렸다. 그는 집을 한번 둘러보았다. 어두운 집 안의 모든 방과 가구를 그려본 후 위층으로 올라간 그는 마르타를 깨우지 않으려 조심스레 이불 속으로 기어들어 갔다. 그는 언제나 이 단순한 행위를 좋아했다. 계단을 올라가 침실로 들어가서, 뺨 밑에 두 손을 모은 채 웅크려 누워 자는 그녀를 보는 것. *당신이에요?* 그녀는 돌아보지도 않고 물었다. *응, 나예요.* 그가 대답했다. *어디에 갔다 왔나요?* 그녀가 물었다. *피오르에 나갔다 왔어요.* 그는 침대에 누우며 대답했다. 그의 팔에 닿아 오는 그녀의 온기 어린 엉덩이를 느낄 수 있었다. 그녀가 그를 향해 돌아누우며 눈을 떴다. 닐스는 그녀가 슬픔에 젖은 울음을 방금 그쳤다는 것을 알아챘다. 그녀는 닐스의 가슴을 쓰다듬으며 이불 속에 있던 온기를 그에게 전해주었다. 그녀가 두 손으로 닐스의 머리를 감싸 쥐고 입을 맞춘 후 그를 가만히 바라보았다. 그녀가 이렇게 그를 바라보는 것은 참으로 오랜만이었다. *닐스, 내 사랑 닐스, 난 아직 여기 있어요.*

닐스 비크는 여러 해에 걸쳐 조타실에서 균형을 잡고 똑바로 서 있는 데 익숙해졌다. 피오르를 사랑하려면 단조로움, 반복, 판에 박힌 일상도 사랑해야 하고 몇 시간 동안이나 이렇게 서 있을 만한 의지도 있어야 한다. 그는 황동으로 된 창틀에 한 팔을 올려놓고, 양쪽 발에 체중을 번갈아 실으며 매트 위에 서 있다가 때때로 전신기 위에 엉덩이를 올려놓았다. 그는 배의 리듬에 맞서기보다는 그 리듬을 함께 타면서 오르락내리락하는 모든 것들을 받아들였다. 그는 물새를 따르고, 라디오를 듣고, 담배를 피우고, 힙플라스크에 담긴 술을 한 모금 마시고, 과일을 먹었다. 배 안에서는 쉽게 식욕을 잃지만 어쩐 일인지 과일, 특히 오렌지는 항상 먹고 싶었다. 그는 오렌지 껍질을 벗기고 과육에 앞니를 꽂았다.

이제 닐스는 이 모든 것을 뒤로하고 사라질 것이다. 어디론가 사라질 것이다. 모든 관절은 헐거워지고 쓸모없게 변했으며, 두 다리는 가늘어졌다. 그는 점점 자기 자신에게서 멀어지고 있었다. 그는 하품을 하며 눈을 비볐다. 눈꺼풀의 무게가 족히 4톤은 되는 것 같았다. 그는 저 멀리 보이는 한 무리의 그림자를 향해 눈을 껌벅거렸다. 페리들은 느릿느릿 같은 속도로 여기에서 저기까지, 저기에서 여기까지 왕복했다. 저녁은 새로운 바람 한 줄기와 함께 찾아왔다. 갈매기들은 뱃머리의 랜턴 주위를 빙빙 돌았다. 죽은 자들이 항로를 따라 피운 모닥불은 어둠 속에서 빛을 발했다. 루나는 꾸벅꾸벅 졸았다. 가끔 루나의 코 고는 소리와 갑판 위를 긁는 발톱 소리가 들려왔다. 이 개는 한때 두 귀를 뒤로 젖힌 채 눈 속에서 뒹굴고 힘차게 뛰어다닐 만큼 튼튼했다. 닐스는 루나의 순수하고 깨끗한 향기, 날카로운 눈빛, 커피처럼 짙은 눈동자, 그리고 영원히 끝나지 않을 것 같던 오후의 시간과 눈 깜짝할 사이에 지나가버린 그 작은 삶을 기억했다.

라디오가 작동을 멈추었다. 배터리 수명이 다 된 것일까? 바다에 너무 오래 있었기 때문일까? 항상 최대 볼륨으로 켜져 있던 조타실의 라디오는 닐스를 나머지 세상과 이어주는 닻이었다. 이곳에서는 절대 고요해서는 안 된다는 것을 그는 배웠다. 폭풍 한가운데서 두려움을 느낄 때는 무엇에 맞서 싸워야 하는지 안다. 그것은 매우 구체적이고 물리적인 측면의 문제다. 진정으로 두려워해야 하는 것은 거울처럼 잔잔한 바다, 바람도 없고 소리도 없는 고요함이다. 고요함은 맞서 싸울 수도 없고 아무것도 할 수 없는 우주와 같다. 그는 라디오의 뒷면을 열어보려 애썼다. 사용할 수 있는 장비라곤 주머니칼 하나밖에 없었다. 그는 라디오의 내부와 케이블을 살펴보았다. 다시 라디오의 뒷면을 닫고 전원을 켰다. 불이 반짝일 때까지 기다렸다. 내부에서 솟아오른 뜨거운 냄새 때문에 현기증이 났다. 라디오는 여전히 먹통이었다. 무의 세계. 정적. 이 정적은 닐스를 서서히 덮쳐오고 있었다.

다행히도 선실에서는 말소리가 들려왔다. 그의 승객들은 울렁거리는 배 안에서 딱딱한 의자에 앉아 무심한 표정으로 창밖을 바라보았다. 옌스도 거기 있었고, 욘도 거기 있었다. 로버트는 쉬고 있었다. 카리 아가는 잉그리드와 나란히 앉아 있었다. 그들은 낮은 목소리로 대화를 나누었다. 다시 만나다니 반갑다. 잘 지냈니? 글쎄, 난 죽었단다. 이 배는 항상 말소리로 가득 차 있었다. 얼마나 비가 많이 왔는지 이야기하는 남자들, 얼마나 비가 적게 왔는지 이야기하는 남자들. 그들은 할 말을 찾지 못할 때면 남자들이 흔히 그러듯 두 다리를 쩍 벌리고 앉아 있었다. 남편과 자녀들의 이야기를 하는 여자들, 누가 누구와 결혼을 했는지 이야기하는 여자들, 누구에게도 말할 수 없는 푸르스름한 멍에 대해 나직이 이야기하는 여자들, 미소를 띠며 앉아 있는 여자들, 때로는 수술이나 낙태를 하러 가는 여자들. 이 배는 고함 소리와 속삭임, 농담, 배에 남자들만 타고 있을 때 대화의 30퍼센트가량을 차지하는 걸쭉한 이야기들로 채워져 있었다.

이제 일어났니? 닐스가 물었다.

자지 않았어요. 루나가 기지개를 펴며 대답했다.

아냐, 넌 갑판을 흥건하게 적실 정도로 침을 흘리면서

자고 있었어.

아니에요, 난 잠을 자지 않았어요. 단지 잠깐 졸았을 뿐이라고요.

루나는 누구든 잠을 자는 동안에 얼굴이 변한다고 했다. 닐스, 당신도 알고 있었나요? 얼굴은 젊어질 수도 있고, 늙을 수도 있는데 그건 그 사람이 꿈을 앞으로 꾸는지 뒤로 꾸는지에 따라 달라진답니다. 닐스는 잠을 잘 때 자신의 얼굴은 어떻게 변하는지 물어보았다. 루나는 닐스의 얼굴이 늙어 보인다고 했다. 루나는 닐스가 뒤로 거슬러 꿈을 꾸기 때문에 얼굴이 늙어 보이며, 특히 왼쪽 얼굴이 눈에 띄게 더 늙어 보인다고 말했다.

루나가 닐스를 바라보았다.

하지만 나는 당신의 얼굴이 늙어 보일 때가 더 좋아요. 왜냐하면 당신의 얼굴이 울퉁불퉁한 산기슭처럼 보이거든요.

그가 마지막으로 태웠던 유료 승객은 부동산 중개인이었다. 닐스는 일지에서 그녀의 이름을 발견했다. 에우드 하베르. *8월의 화창한 날. 영상 20도에 바람도 거의 없음.* 그녀는 사진사 한 명과 함께 배에 올랐다. 챙 모자를 쓰고 선글라스를 낀 사진사는 닐스에게 배를 이리저리 움직여 보라고 명령하듯 말했다. 가장 좋은 카메라 각도를 찾기 위해서였다. 그들은 피오르의 이쪽과 저쪽을 통틀어 여름 별장으로 내놓을 만한 매물들을 찾는 중이었다. 에우드 하베르는 피오르의 풍경이 매우 독특하고 이국적이라서 구매 의지가 있는 노르웨이인들과 외국인들 모두 큰 매력을 느낀다고 했다. 게다가 이 피오르는 세상에서 가장 아름다운 여행지 중 하나로 미국의 어느 잡지에 소개된 적도 있었다. 사람들은 여기저기 이동하고 사라지는 반면 집은 항상 그 자리에 영원히 존재하기 때문에 자신의 직업이 매우 흥미롭다고 그녀는 말했다.

닐스는 사진사가 더 빠르고 더 나은 배를 알아봤어야 했다고 불평하는 것을 우연히 들었다. 닐스는 아무 말도 하지 않고 핸들을 잡고 서서 피오르를 따라 나란히 자리한 집들을 바라보았다. 사람들은 수년 동안 저 언덕에 기반을 잡고 최선을 다해 살아왔다. 그들은 여기저기 길도

뚫었다. 한동안 불가능한 것은 없어 보였다. 하지만 가족과 집과 농장에도 저마다의 시간이 있기 마련이다. 역사는 또 다른 역사가 되어버리거나 분해되어 사라진다. 아무도 살지 않는 집. 아무리 애를 써도 열리지 않는 문. 잡초가 무성한 오솔길과 점점 빽빽해지고 어두워지는 숲. 양식장으로 오염된 피오르. 낡아 색 바랜 헛간. 관리를 하지 않아 폐허가 된 외양간. 문을 닫은 가게와 학교. 페인트칠을 하지 않은 울타리.

닐스는 새로 지어진 여름 별장 밖에서 사람들을 본 적이 거의 없었다. 단지 별장 앞에 주차된 차들만 보았을 뿐, 별장 주인은 볼 수 없었다. 겨울에는 주차된 차조차도 없었다. 도시 사람들에게는 피오르가 하나의 환상이자 휴양지였고, 금요일 오후에 도착해서 자연과 평화와 심플한 삶을 경험했다고 자랑하는 일상으로 되돌아가기 위해 일요일 저녁에 떠날 때 외에는 거의 존재하지 않는 곳이었다. 에우드 하베르도 이곳의 자연이 너무나 멋지고 아름답다며 찬사를 늘어놓았다. 닐스는 이곳 사람들은 '자연'이라는 단어를 사용하지 않는다고 말했다. 구체적으로 가리킬 수 있고 그 속에서 진정으로 관심을 가지고 어우러져 살 수 있는 것은 숲과 바위와 산과 강과 피오르지, '자연'이 아니라고 했다. 말을 하던 그는 입술에 힘이 들어가는 것을 느꼈다. 언덕 위 높은 곳에 지어진 새로운 집들은 마치 머리를 불쑥 내밀고 '여기 내가 있어! 여기! 나를 좀 봐줘!'라고 소리치는 것 같았다. 저지대의 움푹 팬 곳, 작은 만과 그림자 속에는 사람들이 바람과 비로부터 보호하고, 시간과 풍화로부터 구해냈던 낡은 집들이 있었다. 그 집들은 세상의 한 부분인 이 지역에 대한 지식을 바탕으로 지어졌으며, 그 지식은 바로 이 지역에만 적용되고 이 지역에 살아야만 얻을 수 있는 것이었다.

그날 그들이 육지 가까이 이르렀을 때, 닐스는 사진사에게 이렇게 말했다. 당신도 알다시피 우유는 젖소에서 나오고 젖소는 우유에서 나옵니다. 사진사는 선글라스를 벗고 닐스를 바라보았다. 우유라고요? 그가 되물었다. 네, 당신이 우유를 원한다면 젖소와 외양간과 들판과 그 모든 빌어먹을 것들을 전부 받아들여야 해요. 그런가요? 사진사는 선글라스를 다시 코 위에 얹었다. 우리는 개새끼가 아닙니다. 그 어느 누구도 우리를 소유할 수 없습니다. 닐스가 말했다.

8월의 그날, 놀랍게도 에우드 하베르가 닐스를 저녁 식사에 초대했다. 그녀는 자못 놀라는 그의 속내를 알아챘는지 그를 초대한 것은 순전히 자신의 이기심 때문이라고 덧붙였다. 사진사는 이미 시내로 돌아갔고 그녀는 호텔에서 혼자 식사하는 것을 좋아하지 않는다고 했다. 그는 그 자리에서 바로 그녀의 제안을 거절했어야 했다. 에우드 하베르가 오지 않아서 그는 테라스의 테이블에 한참을 홀로 앉아 있어야 했다. 아름다운 저녁이었다. 한낮의 열기는 여전히 공기 중에 남아 있었고 저 멀리서는 음악 소리가 들려왔으며, 부두 옆에서는 한 무리의 관광객들이 스피드 보트에 오르기 위한 준비를 하고 있었다. 부두를 벗어난 보트가 속도를 높이자 관광객들의 환호와 비명 소리가 해안까지 닿았다.

닐스는 자신의 옷을 내려다보았다. 고급 셔츠와 옅은 색의 바지. 다행히도 그는 신발을 닦진 않았다. 신발까지 매끈하게 닦고 왔더라면 더 우스워 보였을 것이다. 젠장. 그녀는 단지 부동산 중개인일 뿐이다. 도대체 무슨 생각을 했던 걸까? 스스로 아주 잘난 사람이라고 착각하고 있었던 건 아닐까? 그렇다, 그는 우스꽝스러운 구세대 노인에 불과할 뿐이었다. 곧 시간은 그를 길들일 것이고 그에게서 삶을 앗아갈 것이다. 닐스는 웨이터를 불러 맥주를 주문했다. 그는 술을 좋아했다. 술은 그를 다른 사람으로 만들어주었다. 술을 마시면 실망할 필요도, 책망을 받을 필요도 없는 사람이 되곤 했지만, 지금 그는 두 명이 앉는 테이블에 홀로 앉아 있는 남자일 뿐이었다.

그의 낙담과 위축감은 에우드 하베르가 모습을 드러내자마자 사라졌다. 그녀는 곱게 화장한 얼굴에 올림머리를 하고 하얀 셔츠에 빨간색 정장을 입고 왔다. 그녀는 매우 아름다워 보였다. 마치 그의 딸처럼 보이기도 했다.

미안해요, 남편에게서 전화가 오는 바람에 좀 늦었어요.

괜찮습니다. 내게 시간은 많으니까요.

말다툼을 좀 했어요. 말다툼을 좋게 해결하려니 시간이 좀 걸리더군요.

무엇에 대해 말다툼을 했나요?

아, 일상적인 모든 것들에 대해서죠.

그녀는 메뉴판을 훑어보았다.

혹시 결혼하셨나요? 그녀가 물었다.

아, 네. 결혼했습니다. 그가 대답했다.

에우드 하베르는 무엇을 주문할지 결정했냐고 물었다. 닐스는 이곳에 오면 오븐에서 구운 감자와 뉴욕 등심 스테이크를 주문하곤 했다고 대답했다. 그녀는 닐스가 이곳에 자주 오는지 궁금해했다. 아닙니다, 자주 오진 않아요. 두 딸이 모두 여기서 성인식을 치렀어요. 첫째 딸은 결혼식도 여기서 올렸는데, 다행스럽게도 얼마 전에 그 머저리 같은 남자에게서 벗어났답니다. 닐스는 나이의 앞자리 숫자가 변하는 생일날이면 아내와 함께 이곳을 찾았다. 이곳은 세상이 제대로 돌아가고 있다는 것을 증명하고 싶을 때 그들이 찾던 곳이었다.

그런데 실례지만 혹시 아내분은 돌아가셨나요?

제 아내 말입니까? 네, 지금은 세상을 떠나고 없어요.

가끔 그녀가 그리울 때도 있나요?

네, 그렇습니다.

식사가 끝나갈 무렵, 에우드 하베르는 결혼 생활에 대해 남편과 상당히 다른 견해를 가지고 있다고 말했다. 이야기를 듣고 보니, 그녀의 남편은 결혼한 남자가 다른 여자에게 눈을 돌리고 아내는 그런 남편의 외도를 막기 위해 노력하는 것이 매우 정상적이라 생각하는 남자 같았다. 닐스는 그녀가 생각하는 정상적인 결혼 생활은 어떤 것인지 물었다.

그것 빼고는 전부 다요. 내가 원하는 것을 주지 않는 사람에게 집착한다는 건 너무나 끔찍한 일이에요.

당신이 원하는 것은 무엇인가요?

사랑받는 것. 이게 다예요. 참 바보 같죠?

하지만 당신도 한때는 그를 사랑했겠지요?

그럼요. 하지만 그때 그가 쫓아다녔던 여자는 바로 저였어요. 믿기 어려운 일이죠. 지금 내가 기억하는 건 단지 눈부신 햇살 때문에 그와 사랑에 빠졌다는 것뿐이에요. 다른 기억은 하나도 없답니다. 그때만 하더라도 모든 것을 기억할 수 있을 거라 믿었는데 말이죠. 수첩에 적어두

었더라면 더 나았을까요. 아니, 잘 모르겠어요. 아닐지도
요.

그녀가 웃었다.

닐스는 커피에 코냑을 섞는 에우드 하베르를 뚫어지게
바라보았다. 뜬금없이 그녀를 애무하고, 감싸안고, 그녀
의 몸속으로 들어가는 자신의 모습이 떠올랐다. 너무나
갑작스레 떠오른 생각이었기에 그는 소리 내어 사과를
할 뻔했다. 누군가가 그를 원하고, 찾고, 요구한 것은 너
무나 오래전이었다. 앞으로도 살갗과 머리카락과 욕망으
로 그를 애무하는 사람은 없을 것이다. 이제 그가 바랄 수
있는 유일한 건 따뜻하고 부드러운 손길뿐이었다.

아내분의 이름은 무엇이었나요?

마르타. 아내의 이름은 마르타였습니다.

마르타에 관해 이야기해주세요. 그녀는 테이블 위로
몸을 기울이며 그의 손 위에 자신의 손을 얹었다.

2월의 어느 날 밤, 마르타에게 첫 번째 뇌졸중 증상이 나타났을 때, 그는 유리컵이 바닥에 떨어져 깨지는 소리와 함께 눈을 떴다. 그는 한쪽 팔꿈치로 몸을 지탱하며 라디오 시계를 보았다. 3시 조금 전이었다. 그는 다시 누워 눈을 감았다. 다음 날 아침에 일찍 일어나야 하기 때문이었다. 그는 잠이 모자랐다. 잠을 충분히 자야만 했다. 문득, 무언가 잘못되었다는 느낌이 그의 머릿속을 스쳤다.

　그는 마르타를 감싸안아 보려 했지만, 그녀는 그를 밀쳐내고 베개에 얼굴을 묻은 채 이해할 수 없는 말만 중얼거렸다.

　도대체 무슨 일이에요? 병원에 전화를 할까요?

　그녀는 대답을 하지 않았다. 그는 서둘러 계단을 내려

가 전화를 했다. 한참 후에 차를 타고 온 의사는 마르타를 보더니 지금 당장 병원으로 옮기지 않으면 가망이 없다고 말했다. 최선의 방법은 그녀를 배에 태워 데려가는 것이었다. 눈이 많이 내려 여기저기 길이 막힌 곳이 많았기에 구급차가 제시간에 도착하리라는 보장이 없었다.

뇌졸중인가요? 닐스가 물었다.

네, 그렇게 보이는군요.

두 사람은 그녀를 부축해 배에 태웠고 선실에 있는 담요로 그녀의 몸을 단단히 감쌌다. 피오르로 나가는 길에 닐스는 창에 머리를 기댄 채 사방팔방에서 펑펑 내리는 눈을 바라보았다. 산꼭대기는 이미 하얗게 변해 있었다. 그는 전날 무슨 일이 있었는지 기억해내려 애썼다. 병원에 도착하면 의사가 모든 것을 자세하게 물어볼 것이라 생각했기 때문이다. 그는 전날 밤 그녀가 어지럽다고 말했던 것을 기억해냈다. 그녀는 특별한 일은 아닐 거라 말하며 평소보다 일찍 잠자리에 들었다.

닐스는 불이 환하게 켜진 병원 복도에 다음 날 아침까지 앉아 있었다. 함께 배를 타고 왔던 지역 병원의 의사는 행운을 빈다고 말한 후 돌아갔다. 닐스는 커피를 마시러 로비로 내려갔다. 어쩌다 자동판매기의 단추를 잘못 눌렀는지 커피가 바닥으로 흘러내리기 시작했다. 그는 오히려 잘됐다고 생각했다. 흘린 커피를 닦고 뒷정리를 하며 시간을 보낼 수 있었기 때문이다.

그는 엘리베이터를 타고 다시 5층으로 올라갔다. 그리고 딱딱한 소파에 앉아 머릿속으로 할 말을 생각해 보았다. 마르타와 이야기할 기회가 찾아온다면 가장 먼저 그녀에게 해야 할 말들, 이전에는 하지 못했던 말들, 그녀에게 했었어야 하는 모든 말들.

괜찮을까요? 마침내 의사와 다시 만난 그가 물었다.

아직은 잘 모르겠습니다. 환자는 강한 여성이지만, 뇌졸중으로 큰 타격을 받았습니다. 회복한다 하더라도 후유증이 남을 것 같습니다.

그날 오후, 그는 마르타를 면회할 수 있었다. 병실에는 침대 세 개가 있었고 마르타는 중간에 있는 침대에 누워 있었다. 그녀의 몸은 낯선 기계와 신체 내부를 읽을 수 있는 장비로 뒤덮여 있었다. 침대 옆에 앉은 그는 그녀에게 해주고 싶었던 말을 하려 했지만 하나도 기억해낼 수 없었다.

당신은 매우 강하다고 의사가 말했어요. 괜찮을 거예요. 닐스가 속삭였다.

그는 마치 깊이 잠든 사람을 깨우려는 것처럼 그녀의 이름을 나직하게 몇 번이고 불렀다. 하지만 아무 일도 일어나지 않았다. 그녀의 얼굴에는 표정이 없었고, 그녀의 가슴과 이불만이 숨결에 따라 오르락내리락 움직였다. 저녁이 되자 그녀는 마치 무서운 꿈이라도 꾸는 것처럼 알 수 없는 말을 중얼거렸다. 더워요? 그가 물었다. 뭐 필요한 건 없어요? 나예요, 나. 닐스예요. 그녀는 대답이 없었다. 그는 백발이 듬성듬성한 그녀의 머리카락을 바라보았다. 그녀의 팔을 보던 그는 지난 세월 동안 그 피부가 어떻게 변해왔는지 생각에 잠겼다. 닐스는 마치 조금만 움직여도 그녀에게 큰 상처를 줄 수 있다는 듯, 두 손을 무릎 위에 얹은 채 꼼짝도 하지 않고 앉아 있었다.

닐스는 자신의 손을 내려다보았다. 핸들을 감싸고 있는 그의 손은 유난히 더 크고 늙어 보였다. 오른손에 새겨진 제비 문신은 세월이 흐르면서 살갗 위에서 흐릿해지고 방향감각을 잃은 듯 이리저리 떠다녔다. 제비는 행운과 행복을 가져다주기 위해 거기 있었다. 그는 운이 좋지 않은 날에 그 제비를 보면 빛과 여름을 떠올릴 수 있다고 마르타에게 말했다. 그녀는 혀를 끌끌 차며 나쁜 운을 되돌리려면 팔뚝에 새긴 허접한 제비 문신보다 더 많은 것이 필요할 거라고 말했다. 그녀는 닐스에게 배 이름이나 바꾸라고 했다. 닐스는 거절했다. 뱃머리에 새겨진 이름을 긁어내고 그 위에 새 이름을 칠하는 건 있을 수 없는 일이라고 말했다. 결코 그래서는 안 됐다. 그녀는 닐스가 배를 '마르타'라고 명명함으로써 그녀를 향한 사랑을 표현했음을 정말 몰랐던 것일까? 닐스는 하나의 이름은 운명이자 숙명이며, 모든 시를 시작하는 첫 단어라고 말했다. 비록 인간이나 배가 죽거나 사라진다 하더라도 그 이름은 항상 남아 있을 것이라고도 했다. 마르타는 그런 것쯤은 다 안다면서 자기는 바보가 아니라고 했다. 그럼 당신은 어떤 이름이 좋을 것 같나요? *밤과 낮.* 그녀는 크게 웃으며 대답했다. 닐스는 코웃음을 치면서 배는 이미 완벽한 이름을 가지고 있다고 말했다. 그가 피오르에 나가 있을 때, 그녀와 떨어져 있는 모든 밤과 낮에도 그는 항상 그녀 속에 들어가 있으니 말이다. 아, 징그러워. 그녀가 쏘아붙였다.

루나가 몸을 비틀어 창밖을 내다보았다. 루나는 개가 별빛 가득한 하늘을 쳐다보는 건 매우 어려운 일이라고 말했다. 하늘을 쳐다보려면 달을 보고 울부짖는 늑대처럼 목을 뒤로 쭉 빼야 하는데 그건 하기 싫다고 했다. 그게 아니라면 네발을 공중에 버둥거리며 바닥에 누워야 하는데 그것도 너무나 어리석게 보일 것이 분명하기에 싫다고 했다.

우리가 잊은 사람이 있나요? 루나가 물었다.

잊은 사람이 있냐고? 그렇다, 대부분의 사람들은 잊혔다. 이제 거의 모든 사람들은 떠나가고 없다. 물살은 낮과 밤을 지우고, 모든 것을 서로 연관성이 없는 조각들로 분리한다. 피오르는 망각이다. 사람들은 그것을 이해하지 못한다. 폭풍과 천재지변과 난파 사고 후에는 그것을 증명할 만한 아무런 증거도 남아 있지 않다. 단지 잔잔하고 푸른 수면만 있을 뿐이다. 모든 것은 이전과 똑같이 지속된다. 밀물과 썰물의 흐름과 함께.

747이에요! 루나가 말했다. 저 위를 보세요!

닐스는 고개를 들어 비행기의 불빛을 보았다. 착륙을 눈앞에 둔 비행기는 곧 양력을 잃을 것이다. 땅을 찾아 내려앉을 완벽한 기계가 거기 있었다.

닐스? 당신이 가끔 신문에서 보는 것 있잖아요. 그걸 뭐라고 하나요? 만화인가요?

맞아, 만화야.

만화에서는 가끔 사람들의 머리 위에 전구가 불쑥 생

겨나기도 해요, 그렇죠?

그래, 좋은 아이디어가 떠오를 때면 그렇지.

맞아요! 맞아! 그런데 실제로 그런 일이 일어나나요?

아니야, 안타깝게도 실제로는 그렇지 않단다.

사람들이 실제로 빛을 발할 수 있다면 얼마나 좋을까요.

루나가 잠시 말을 멈추었다.

닐스, 당신이 바로 그런 사람이에요.

아니야, 난 그렇지 않아.

나는 그렇게 생각하는걸요. 당신은 배를 몰 때 빛을 발해요.

루나는 바닥에 등을 대고 누워 네발을 허공으로 치켜올렸다. 개는 저 하늘 위에서도 배를 볼 수 있는지 물었다. 닐스는 비행기에 탄 사람들은 저마다 나름대로 할 일이 있을 것이기에 창문을 내다보는 사람은 거의 없을 거라고 대답했다.

하지만 만약 그들이 우리를 볼 수 있다면요? 무엇이 보일까요?

그들의 눈에는 단지 피오르 위에 떠 있는 작은 불빛만

보일 거야.

그가 임신한 소녀들을 잊었던 건 아닐까? 아니, 그들은 잊히지 않았다. 그들은 비밀을 안고 어두운 선실에 홀로 앉아 있었다. 닐스는 그들을 감싸안아주고 싶었지만, 시내로 가는 길은 물론, 특히 집으로 되돌아가는 길엔 그들을 가만히 내버려둬야 한다는 것을 잘 알고 있었다. 한 범죄자도 잊히지 않았다. 어느 봄날 닐스의 배에 올랐던 그는 가족과 육지에서의 삶이 그립다고 말했다. 그는 까마귀 소리, 암탉 소리, 저 멀리서 들려오는 양떼들의 소리, 바람 소리, 피오르의 물소리 등 익숙한 소리들과 함께 집에 있고 싶다고 했다. 하지만 그는 부두에 서서 기다리는 가족들을 보자 긴장해서 어쩔 줄 몰라 하기 시작했다. 그는 닐스에게 얼른 뱃머리를 돌려 다시 피오르로 나가달라고 부탁했다. 닐스는 그에게 가족을 한 번 배신했던 것은 어쩔 수 없다 치더라도 그런 일을 다시 되풀이하는 것은 용납할 수 없는 일이라고 말했다. 이 배는 무슨 일이 있더라도 저 부두에 정박할 것이며, 그는 배에서 내려 그

를 기다리고 있는 가족들에게 당당하게 다가가 안아주어
야 한다고 말했다.

그는 1966년도 미스 노르웨이를 잊었을까? 당연히 잊
지 않았다. 그녀는 몸에 꽉 끼는 드레스와 하이힐을 신고
있었기 때문에 배에 오를 때는 물론, 내릴 때도 큰 어려움
을 겪었다. 결국 닐스는 그녀가 발을 디디고 오를 수 있도
록 탄산음료 상자 하나를 꺼내 왔고, 그것은 두 사람의 고
생을 한결 덜어주었다. 닐스는 하이힐을 신고 배를 타는
것은 그다지 현명한 일이 아니라고 넌지시 말했다.

나는 평생 하이힐을 신었어요. 하이힐을 신고 걷는다
는 건 자부심을 의미한답니다. 1966년도 미스 노르웨이
가 말했다.

네, 충분히 존중합니다. 닐스 비크가 말했다.

그날은 그녀가 미스 노르웨이로 선정되어 피아트 850
자동차를 상으로 받은 지 10년에서 12년 정도 지난 때
였다. 닐스는 그녀도 세월이 흐르며 살이 통통하게 쪘다
는 것을 알아볼 수 있었다. 마을 여자들은 가끔 그녀로부

터 뷰티 팁을 얻고 카탈로그의 제품을 구매하기 위해 한데 모였고, 닐스는 그녀를 배에 태워 거기로 데려다주었다. 도중에 미스 노르웨이는 엉덩이가 아프다고 불평했다. 언젠가는 이 엉덩이 때문에 죽을지도 몰라요. 게다가 요즘은 매출도 그다지 좋지 않답니다. 닐스는 이 피오르가 옛날부터 미인들이 많이 사는 곳으로 유명하기 때문에 그럴 것이라고 말했다. 그도 그중의 한 명과 결혼을 하지 않았던가. 그는 미스 노르웨이에 대해 일지에 이렇게 적었다. *아름다운 사람들은 삶이 그들에게 기꺼이 주려 하는 것보다 훨씬 더 많은 것을 기대한다.*

부인을 깜짝 놀라게 해주고 싶지 않으세요? 미스 노르웨이는 마지막으로 그의 배에 탔을 때 그렇게 물었다. 그녀는 닐스가 대답을 하기도 전에 병뚜껑을 열고 그의 손에 크림을 발라주었다.

음…… 4행정 엔진 냄새가 나는 것 같아요. 닐스가 말했다.

이 크림을 바르면 부인의 피부가 훨씬 젊어질 거예요. 크림 속의 성분이 밤사이에 피부 장벽을 재생해 주거든요. 미스 노르웨이가 말했다.

제 아내가 얼마나 더 젊어질 거라고 생각하세요?

닐스는 1966년도 미스 노르웨이를 보며 안타까움을
느꼈다. 불쌍하다기보다는 그녀가 원래 어떤 사람인지
본 것 같았기 때문이었다. 그는 지갑을 꺼내 크림과 향수
값을 지불했다. 미스 노르웨이는 고맙다고 말하며 하이
힐을 신고 배에서 내렸다. 닐스는 그녀의 푸른색 코트와
갖가지 미용 제품이 담긴 갈색 여행 가방을 눈으로 좇았
다. 잠시 후, 피아트에 올라탄 그녀는 시야에서 사라졌다.
닐스는 한동안 갑판 위에 서 있다가 조타실로 들어갔다.
그는 병뚜껑을 열고 크림 속에 손가락을 꾹 찔러 넣었다.
나이트크림을 얼굴과 손에 바른 그는 조타실 문을 닫고
다시 피오르로 나갔다.

그는 릴리를 잊었던가? 분명 여기 어딘가에 릴리가 있
을 텐데? 닐스는 일지를 몇 번이나 뒤적였다. 릴리는 등
하굣길에 닐스의 배를 탈 때면 항상 신발을 벗었고, 연필
과 스케치북을 꺼내 구석에 웅크린 채 그림을 그렸다. 따

님에게 새 신발을 사주셔야겠어요. 신발이 너무 작아요. 닐스는 부두에 딸을 마중 나온 릴리의 어머니에게 말했다. 그녀는 대답 없이 시선을 돌렸다. 닐스는 릴리가 도시로 이사 간 뒤 예술 아카데미에 입학했다는 소식을 듣고 안도했다. 몇 년 후, 그는 릴리가 오슬로와 코펜하겐, 그리고 베르겐에서 전시회를 했다는 신문 기사를 읽었다. 그는 기사 몇 개를 오려내 일지 속에 끼워 넣었다. 그런데 그것들은 어디에 있을까? 아, 여기 있군. 그는 일지의 어느 페이지 아래쪽에서 릴리를 발견했다. 1988년 12월의 어느 날, 릴리는 어머니의 임종을 지키기 위해 섬으로 가는 그의 배에 탔다. 해가 바뀌고 장례식이 끝난 후, 그녀는 다시 닐스의 배를 타고 도시로 떠났다. 그가 기억하건대, 그는 되돌아가는 길에 릴리에게 절대 나쁘게 받아들이지 말라고 뜸을 들인 다음, 사실 그는 릴리가 집을 떠나 독립한다고 했을 때 무척 기뻤다고 말했다. 릴리는 처음엔 아무 말도 하지 않았다. 잠시 후 입을 연 그녀는 예술 아카데미에 입학한 뒤 다시 집에 되돌아오지 않았을 뿐이라고 말했다. 릴리의 어머니는 릴리가 집을 떠나는 것을 막기 위해 할 수 있는 일은 다 했다. 예술이라는 것은 단지 취미일 뿐 직업이 될 수는 없다고 말했으며, 예술가들 중에는 제대로 된 사람이 단 한 명도 없다는 말도 했다. 릴리가 열다섯 살이 되던 해 어느 날 저녁, 그녀의 스케치북을 뒤져보던 어머니는 재능이라곤 전혀 보이지 않는다며 그림을 찢어 벽난로 속에 던졌다.

1월의 그날 저녁, 배가 도시에 거의 도착했을 때 릴리는 스케치북을 꺼내 새로 그린 그림 몇 개를 닐스에게 보여주었다. 죽음을 앞둔 어머니를 그린 그림이었다. 침대 옆의 램프는 어머니의 얼굴에 극적인 빛을 던지며 깊은 그림자를 만들어냈다. 닐스는 주름살과 피부 위의 저승꽃, 숱이 적은 머리카락과 벌린 입, 온몸에 새겨진 세월들과 곧 그녀의 몸속에서 자신의 임무를 완성할 죽음을 보았다. 그는 릴리 글로펜이 배에서 내릴 때마다 어머니에게 따뜻한 포옹을 건넸던 것을 기억했다. 일지의 제일 마지막 줄에는 이렇게 적혀 있었다. *어머니와 딸, 단지 서로 사랑하고 사랑받기를 원했던 두 사람.*

마르타 이후의 삶. 10월의 어느 날, 그는 배에 디젤연료를 채우고 시동을 건 후 배를 출발시켰다. 그는 시내 부두에 배를 정박하고 거리를 산책하다가 기차역 카페에 앉아 담배를 피우며 신문을 읽었다. 오후가 되자 그는 버스를 타고 엘리가 사는 곳으로 갔다. 그는 코트를 단단히 여미고 엘리의 집 근처를 터벅터벅 걸었다. 길 위의 빽빽한 낙엽들이 발을 옮기는 그의 장화에 질척하게 붙었다. 그는 누군가가 낙엽을 쓸고 청소를 해야 할 것이라고 생각했다.

그는 마치 그렇게 하면 집 안에 무엇이 있는지 알 수 있기라도 하듯 한동안 집 앞에 서서 불빛이 새어 나오는 창문을 바라보았다.

아무 일도 일어나지 않았다. 어떤 움직임도 보이지 않았고, 오고 가는 사람도 없었다. 엘리의 차도 보이지 않았다. 갑자기 누군가가 그렇게 서 있는 자신을 보고 있을지도 모른다는 생각이 스쳤다. 어쩌면 집으로 오던 엘리와 마주칠지도 몰랐다. 그는 서둘러 계단을 올라가 초인종을 눌렀다. 대문을 열어준 딸이 놀란 표정을 지었다.

웬일이세요, 아버지?

아무 일도 아냐.

무슨 일이라도 있었나요?

내가 알기론 없어.

그녀는 포기하지 않았다. 닐스를 거실로 인도해 커피와 비스킷을 대접한 후에도 마찬가지였다. 마치 그가 뭔가 범죄를 저지른 듯, 뭔가를 숨긴다고 의심하는 것 같았다.

전화라도 먼저 하고 오시지 그랬어요.

그냥 한번 들러보고 싶었어.

주무시고 가실 건가요?

그럴 수 있다면 좋겠구나.

그런데 잠옷이나 칫솔은 가져오셨나요?

아무것도 가져오지 않았어. 참, 신문을 가져왔구나.

그러니까 정말 충동심 때문이었군요?

그래. 난 네가 그리웠어. 난 우리가 그리웠단다.

엘리는 그날 저녁 남편과 함께 '건축가 솔네스'라는 연극을 보러 갈 것이라고 했다. 그녀는 아버지가 온다는 사실을 미리 알았더라면 표를 한 장 더 구입했을 것이라며 아쉬워했다. 닐스는 텔레비전만 좀 볼 수 있다면 만족한다고 했다. 그가 혹시 술이라도 한 잔 있다면 더 좋겠다고 하자, 엘리는 집에 보드카와 주스가 있다고 말했다. 그녀는 퇴근하는 톰을 시내에서 만나기로 했다며 욕실에 들어가 외출 준비를 하기 시작했다.

닐스는 발 디딜 틈 없이 어질러진 거실을 돌아보았다. 엘리는 바닥을 새로 깔고 집을 수리할 계획이었지만 둘다 너무 바빠서 제대로 일을 시작하지 못했다고 말했다. 닐스는 책장에 꽂힌 책들을 보았다. 그는 거실 테이블 위에서 담배꽁초로 가득한 재떨이를 발견했다. 엘리가 담배를 피우는 걸까? 아니, 톰일까? 담배를 피운다는 소리는 못 들었는데.

전화벨이 울렸다. 엘리는 여전히 샤워 중이었다. 욕실에서 새어 나오는 물소리를 들을 수 있었다. 닐스는 복도로 나가서 수화기를 들었지만 말을 하지는 않았다.

여보세요? 톰의 목소리였다. 나야, 여보세요?

여보세요? 닐스가 말했다.

누구신가요?

닐스는 아무 말도 하지 않았다.

엘리 거기 있나요? 톰이 물었다.

없어요. 닐스는 전화를 끊었다.

다시 전화가 왔고, 엘리가 욕실에서 나와 전화를 받을 때까지 전화벨은 계속 울렸다. 닐스는 몇 발자국 뒤로 물러나 딸이 신경질적으로 손을 움직이는 것을 보며 그녀가 짜증을 내고 있다는 것을 깨달았다. 전화를 끊고 거실로 온 그녀는 계획이 바뀌었다고 말했다. 톰은 집으로 와서 바닥을 새로 깔기로 했고, 아버지는 톰 대신 연극을 보러 갈 수 있다고 했다.

그런데 이 옷차림으로는 극장에 갈 수 없을 것 같구나. 닐스가 말했다.

톰의 옷을 빌려 입으면 돼요. 엘리가 말했다.

그는 욕실로 가서 새로 다림질한 셔츠와 사위의 옷장에서 꺼낸 양복을 입었다. 그는 거울 속의 자신을 가만히 바라보았다. 마치 방금 새로운 우주로 향하는 문을 연 듯 완전히 다른 사람처럼 보였다. 정치가나 성직자를 연상시키기도 했다. 하지만 그 양복은 이상하게도 그가 무엇인지 잘 모를 것에 대한 그리움을 자아냈다.

공연이 끝난 후 두 사람은 근처 호텔 라운지에 가서 맥주를 한 잔씩 마셨다. 엘리는 아버지에게 양복을 입으니 할리우드 배우처럼 보인다며 자주 양복을 입고 다니라고 말했다. 그녀는 건배를 하며 앞으로도 종종 이런 시간을 만들어보자고 했다.

우리가 보았던 게 입센의 작품이었니? 그가 물었다.

네.

그녀가 그의 팔을 가볍게 쓰다듬었다.

괜찮으세요? 그녀가 물었다.

응.

일이 그리운가요?

응.

어머니가 그리워요?

응.

그는 말을 삼켰다. 슬픈 말, 위로하는 말, 엘리에게 하고 싶었던 말을 모두 삼키고서 묵묵히 큰딸을 바라보기만 했다. 그녀의 맑은 눈, 여성스러운 몸짓, 말하는 방식, 웃는 방식. 그는 딸에게서 아내를 보았다. 이제 그에게 남은 것은 그것뿐이었다. 다른 사람들에게는 별것 아닐지 모르나 닐스에게는 너무나 큰 것이었다.

엘리는 연극이 좋았는지 물었다.

응, 좋았어.

어떤 부분이 가장 좋았나요?

전부 다.

그는 객석에 앉아 무대 위에서 왔다 갔다 하는 할바르 솔네스를 보았다. 다른 사람들을 위해 집을 설계하지만 정작 자기 자신은 가정을 이룰 수 없었던 건축가. 3막에 걸친 연극이 펼쳐지는 동안, 그는 조명 아래 비추어지고 있는 것이 바로 자기 자신의 삶이라고 생각했다. 그가 누구인지, 그가 어떤 사람인지, 그가 어떤 삶을 살아왔는지 그 모든 것이 곧 적나라하게 밝혀질 것만 같았다. 그는 얼굴에서 핏기가 사라지는 것을 느꼈다. 객석의 불이 켜지면 다른 사람의 양복을 입고 청중들 사이에 앉아 있는 자신의 모습이 만천하에 드러날 것만 같았다.

그들이 집에 돌아왔을 때, 톰은 술잔을 손에 들고 소파에 앉아 있었다. 그는 술에 취해 있었고 화가 난 듯 부루퉁하게 보였으며, 둘에게 인사도 건네지 않은 채 텔레비전만 보았다. 톰은 퇴근 후에 옷을 갈아입지도 않았는지 여전히 흰색 셔츠에 양복바지를 입고 있었다. 바닥 까는 작업을 했던 흔적은 찾아볼 수 없었다. 잠자리에 든 닐스는 아래층 거실에서 들려오는 목소리를 들었다. 무슨 말을 하는지는 정확하게 알아들을 수 없었지만, 말다툼을 한다는 것만은 분명했다. 톰의 목소리는 가성에 가까울 정도로 높았다.

다음 날 아침, 닐스는 느지막하게 눈을 떴다. 부엌 식탁 위에는 엘리가 남긴 메모가 있었다. 우린 이제 출근해요. 아침 식사는 꼭 챙겨 드세요. 사랑해요, 아버지. 닐스는 거실을 정리한 후 새 바닥을 깔기 시작했다. 센티미터 단위로, 미터 단위로, 무려 다섯 시간 반 동안이나 일을 했다. 바닥 까는 일을 마친 그는 시내 부두로 가는 버스를 탔고, 사정없이 창을 때리는 폭우 속에서 배를 타고 집으로 갔다.

여보? 그는 대문을 열자마자 소리쳤다. 마르타?

구석구석까지 잘 알고 있는 집이었지만, 갑자기 낯설게 느껴졌다. 그는 불도 켜지 않은 채 모든 방을 둘러보았다. 온몸이 떨리고, 가슴이 아프고, 두 다리는 차갑고, 머리는 터질 것만 같았다. 그는 침을 삼키고 또 삼켰다. 무언가 완전히 마무리하지 못한 것 같은 느낌이 스쳤다. 너무나 실망스럽고 슬퍼서 두 눈에는 눈물이 고였다. 닐스는 소파에 털썩 앉았다. 한순간, 그는 좌절이 무엇인지, 인생이 어떻게 통제 불능 상태에 빠질 수 있는지 이해할 수 있을 것 같았다. 그는 복도에 가서 구로에게 전화를 걸었다. 막내딸은 바로 전화를 받았다.

잘 지내셨어요, 아버지? 그녀가 물었다.

응, 잘 지냈어.

특별한 일이라도 있었나요?

아냐, 그냥 네 목소리가 듣고 싶었을 뿐이야.

일지 중 한 권에는 마르타와 그가 정원의 사과나무 아래에 함께 서 있는 사진이 끼워져 있을 것이다. 닐스는 일지들을 뒤적였지만 사진을 찾을 수 없었다. 그것은 미국인이 5월 17일 제헌절을 기념해서 찍어준 사진이었다. 얼마나 오래전이었을까? 35년 전? 40년 전? 그의 기억에 의하면, 마르타와 그는 딸들을 양옆에 세운 채 손을 잡고 중앙에 서 있었다. 마르타는 전통 옷, 그는 양복, 그리고 두 딸은 드레스와 새로 산 코트를 입었다. 미국인은 그들이 땅에 뿌리를 둔 나무둥치의 일부분처럼 보일 수 있도록, 마치 활짝 꽃을 피운 거대한 나무가 이 네 명의 가족에게서부터 자라는 것처럼 보이도록 그들을 나무 앞에 세웠다. 무성하게 만발한 하얀 사과꽃은 5월의 폭설처럼 금방이라도 그들의 머리 위로 떨어져 내릴 것만 같았다. 그것은 또한 그 나무의 끝을 의미했다. 두 딸은 연달아 머저리 같은 남자들에게 매력을 느꼈지만 아이는 갖지 않았다. 마르타와 그에게는 손주가 없었다. 이젠 너무나 늦었다. 오늘은 마지막 날이고, 시간은 기다려주지 않는다. 자연을 거스를 수 있는 사람은 없다. 그가 평생 할아버지 소리를 들어보지 못할 것이라고 불평했을 때, 마르타는 딸들의 임신 여부를 그가 결정할 수는 없다고 말했다. 그 아이들은 바쁘게 사느라 시간이 없어요, 닐스. 걔들은 우리와는 다른 삶을 살고 있어요. 그는 딸들이 나중에 후회할 것이라고 말했다. 장담해요. 두고 봐요.

배는 도시를 파고들며 흐르는 피오르 안쪽으로 미끄러지듯 움직였다. 스트레우메. 그라브달. 보겐. 시간은 밤 **10시 또는 10시 반쯤** 되었을 것이다. 호텔과 건물들이 불빛으로 반짝였다. 자동차의 헤드라이트 불빛은 길 위에서 정신없이 움직였다. 닐스 비크는 이곳에 올 때마다 다른 페리와 선박들, 창으로 불빛이 새어 나오는 집들, 사람들의 실루엣, 환하게 불 켜진 상점들을 여기저기 바라보는 것이 좋았다. 지금처럼 늦은 밤에도 자갈과 아스팔트에 부딪치는 자동차 타이어 소리와 마치 고립된 파도처럼 들려오는 갖가지 기계 엔진 소리, 경보음과 사이렌 소리, 그리고 거기에 박자를 맞추듯 끊임없이 변화하는 도시의 소리에 귀 기울이는 것을 좋아했다. 가끔은 문이 쾅 닫히는 소리와 분노를 담은 채 부딪히고 깨지는 유리잔과 병 소리도 들을 수 있었다. 그는 이처럼 나직이 으르렁대는 듯한 도시의 소리, 고층 건물의 중얼거리는 소리를 좋아했다.

그가 이바르를 잊었던 건 아닐까? 아니, 그는 잊지 않았다. 무관심했던 것일까. 아니, 단지 옆으로 밀쳐놓았을 뿐이었다. 그는 지금까지 일부러 이바르의 기억을 꺼내지 않았다. 하지만 이제 그 막냇동생의 이야기를 할 때가 왔다. 이야기가 거의 끝나갈 무렵에 이바르가 등장한 것이다. 닐스는 도시로 가는 길에 결국 동생의 기억을 끄집어내고야 말았다. 이십 대의 이바르, 그는 오펠 자동차의 뒷좌석에서 한 소녀를 부둥켜안고 있었다. 닐스가 창문을 두드리자 이바르는 고개를 돌리고 싱긋 웃었다. 열여섯 살의 이바르는 한 손에 맥주병을 들고 다른 한 손으로는 자신의 성기를 잡고서 하지 축제가 열리는 숲 언저리에 서 있었다.

열두 살의 이바르, 열 살의 이바르, 다섯 살의 이바르, 그리고 사과나무에 매달아놓은 그네에 앉아 신나게 소리를 지르며 더 빨리 밀어달라고 보채는 막냇동생의 목소리를 듣는 닐스. 7월의 어느 토요일, 방금 이발을 한 닐스는 잠옷 차림으로 헛간 앞에 맨발로 서서 갓 베어낸 풀의 신선한 향기와 피오르의 비릿한 냄새를 들이마셨다. 낫질 소리가 들렸다. 그의 아버지와 삼촌이 비탈진 언덕에서 땀을 뻘뻘 흘리며 풀을 베는 소리였다. 마지막 건초 더미를 헛간에 쌓으면 일은 끝나고, 그들은 죽과 과일 주스로 수확을 축하할 것이다. 닐스는 거의 대머리로 보일 정도로 머리를 짧게 깎았다. 그는 머리를 만질 때 손에 닿는 짧고 뾰족뾰족한 느낌을 좋아했다. 이바르도 머리를 매우 짧게 잘랐다. 어머니가 여름을 맞아 형제의 머리를 깎아주었던 것이다. 닐스는 여덟 살 또는 아홉 살로 되돌아갔고 마치 무중력 상태에 있는 것처럼 무게를 느끼지 못했다. 그 어느 것도 그에게 닿거나 흔적을 남길 수 없는 저녁, 모든 것이 산 뒤로 천천히 사라지는 햇살 속에 잠겨 있던 여름 저녁이었다.

닐스는 속도를 늦추고 후진을 해서 호텔 옆 부두에 배를 정박시켰다. 배에 오른 이바르는 마치 피를 나눈 형제도 기억하지 못하는 것처럼 이상한 눈빛으로 닐스를 바라보았다. 그의 눈은 곧 어둠 속으로 사라질 그림자 같았다. 그럼에도 그는 손을 내밀었다.

고마워. 이바르가 말했다.

뭐가?

나를 묻어줘서 고마워. 난 형이 믿을 수 있는 사람이라는 걸 알고 있었어. 그때 내가 물어봤던 것 기억나?

뭐라고 물었지?

나를 땅에 묻어줄 수 있냐고 물었었지. 형은 그렇게 하겠다고 대답했어. 그것만큼은 무슨 일이 있어도 하겠다고. 아무 문제 없다고. 꼭 나를 땅에 묻어주겠다고 말했어.

이바르는 마치 함께 섞여 흐르기 시작하는 이 세상과 저세상처럼 이전과 같은 사람이면서도 다른 존재였다. 닐스는 동생이 창문에 반사된 자신의 실루엣을 응시하는 모습을 지켜보았다.

사실 그건 아무런 뜻도 없이 했던 말이었어, 닐스.

그랬어?

형이니까.

무슨 뜻이니?

우리가 형제라는 것. 형도 잘 알잖아. 형은 비록 나 같
은 동생을 원하지 않았을지도 모르지만.

이바르, 그날 내 생각을 했었니?

무슨 날?

그날 말야, 너도 알잖아.

아, 그날.

닐스는 12월의 그날, 내키지 않았음에도 불구하고 다시
이바르의 집으로 발길을 돌렸다. 그는 동생을 구할 마지
막 기회가 남아 있는지 확인해야만 했다. 그는 이바르가
여행 가방이나 배낭을 챙겨두었는지도 알아야만 했다.

잘 모르겠어, 형.

모르겠다고?

응. 난 우리가 서로에 대해 아는 것이 거의 없다는 사실
을 인정해야 한다고 생각해.

정말 그렇게 생각하니?

모든 것을 분석하는 건 의미 없는 일이야.

머저리 같으니.

사실, 난 무슨 말을 해야 할지 잘 모르겠어, 형. 내가 할 수 있는 최선은 형에게 사과하는 것이겠지. 이제 좀 쉬어도 될까? 선실 안에서? 선실에 들어가서 좀 쉴게. 그래도 되겠지?

젠장.

닐스는 이바르를 끌어당기고, 점퍼를 벗어 몸에 둘러주었다. 막냇동생은 닐스의 가슴에 몸을 기댔다.

닐스는 걱정과 불안을 제쳐두었다. 그에겐 시간이 없었다. 그에겐 실어 날라야 할 사람들이 있었고, 고쳐야 할 모터가 있었다. 그는 항상 이런 일들 먼저, 자신의 일부터 해결했다. 마치 이바르는 그의 가족이 아닌 것처럼 뒤로 제쳐두었던 것이다. 하지만 걱정과 불안은 좀처럼 사라지지 않았다. 이 기억 속에서 닐스는 자다가 벌떡 일어나 무슨 일이 일어났다고 확신했다. 이 기억 속에서 그는 전화벨이 울릴 때마다 매번 불안해했다. 이 기억 속에서 그는 막냇동생과 대화를 나누었다. 이 기억 속에서 그는 이바르가 무슨 말을 하는지 이해해보려 노력했다.

이바르는 연말이면 가족들과 함께 크리스마스를 보내기 위해 비카에 있는 닐스의 집으로 오곤 했다. 보통은 아무 일 없이 즐겁게 잘 지냈다. 비록 막냇동생은 항상 다른 이들의 말에 반대했고 특히 닐스가 하는 말이라면 하나하나 트집을 잡았지만 말이다. 두 형제는 마치 같은 극성을 지닌 자석 같았다. 그들은 서로에게 가까이 다가갔다가 튕겨 나가 멀어지기를 반복했다.

어느 크리스마스날, 이바르는 마르타의 외모에 대해 언급했다. 술에 취한 그는 마르타의 옷 색깔이 너무 알록달록해서 히피를 연상시킨다고 말했다. 그리고 이바르는 또 말했다. 미국은 우리 편이에요. 미국은 우리를 위해 싸웠어요. 마르타는 그의 말에 반발했고, 닐스는 둘 사이를 중재하려 애썼다. 닐스가 수십 마일이나 떨어진 곳에서 벌어진 전쟁 때문에 우리의 크리스마스를 망칠 필요가 없다고 말하자 마르타는 더욱 화를 냈다.

그다음 해, 마르타는 닐스더러 이바르에게 전화를 하라고 했다. 안타깝게도 올해 크리스마스에는 함께 지낼 수 없겠다는 말을 하라고 했다. 닐스는 어떻게 둘러대야 할지 몰랐다. 무턱대고 전화해서 지옥에나 떨어지라고 말할 수는 없는 노릇이었다. 마르타는 이바르가 단지 이 집에만 오지 않는다면 지옥을 가든 세상 어디를 가든 상관없다고 말했다.

이곳에 오는 게 그리 좋은 생각 같지는 않구나. 닐스가 이바르에게 전화로 말했다.

그 집은 내가 어렸을 때 살던 집이기도 해. 동생이 말했다.

난 내 딸들이 이 집에서 술 취한 남자를 보는 걸 원치 않아.

동생이 소리 높여 껄껄 웃었다.

그럼 형도 자리를 피해주는 게 어때?

이바르는 아직까지 단 한 번도 일자리를 잃은 적이 없다고 말했다. 충돌 사고를 낸 적도 없고, 그가 수년 동안 몰았던 택시에는 아직 조그맣게 긁힌 자국조차도 찾아볼 수 없다고 했다.

닐스는 더 참을 수 없었다.

이바르, 너도 알다시피, 아직이라는 말에는 그 일이 앞

으로 일어날 것이라는 뜻이 내재되어 있단다. 내 말을 새
겨들어. 사실을 부정할 때 벌어지는 일을 과소평가하면
안 돼.

나는 세상의 그 어떤 것도 부정하지 않아. 이바르가 말
했다.

침묵이 흘렀다. 잠시 후 침묵을 깨뜨리며 이바르가 대
화를 끝냈다. 좋아, 성탄절 행복하게 잘 보내고 앞으로도
그 피오르에 들어앉아 완벽한 삶을 누리길 바랄게.

그럼에도 불구하고 닐스는 도시에서 홀로 크리스마스
를 보내는 건 이바르에게도 결코 좋지 않을 것이라며 마
르타를 설득했다. 마르타는 이바르가 결코 크리스마스를
홀로 보낼 사람이 아니라고 말했다. 그녀는 이바르 같은
남자를 좋아하는 여자들이 생각보다 꽤 많다고 했다. 대
부분의 여자들은 자신이 원하는 것을 절대 주지 않는 남
자, 조그만 일에도 쉽게 자신을 떠나는 남자를 좋아한다
고 했다. 마르타는 이바르가 언젠가는 닐스도 떠날 것이
라며 두고 보라고 장담했다. 그녀는 여자들이 언젠가는

자신이 원하는 것을 얻을 수 있을지 모른다는 생각에 그런 남자에게 매달리기 마련이라고 했다. 그리고 그녀는 이바르가 아닌 닐스와 결혼을 해서 행복하다고 말하며 그를 껴안았다.

이바르는 크리스마스이브날 반짝반짝 윤이 나는 검은색 메르세데스 벤츠 택시를 운전해서 왔다. 운전석에서 그는 차창에 코를 대고 미소를 띠며 눈 쌓인 풍경을 바라보았다. 이바르는 조카들에게 줄 선물을 가져왔고, 루나를 데리고 산책을 나갔고, 크리스마스 저녁에 먹을 대구를 낚시하러 갔고, 산타클로스 복장을 했다. 형제는 저녁이 되자 함께 자리에 앉았다. 그들은 술을 마시지 않았지만, 남자들이 술을 마실 때 하는 일은 모두 했다. 이야기를 하고, 음악을 듣고, 계획을 세우고, 지키지 못할 약속을 했던 것이다.

크리스마스로부터 사흘이 지난 날, 그들은 차를 타고 부모님의 묘가 있는 교회로 갔다. 이바르는 마치 애틀랜틱시티에서 여름밤을 즐기는 사람처럼 담배 끼운 손가락을 열린 차창 밖으로 쭉 뻗었다.

난 이 차 안에 있을 때가 제일 좋아. 이바르는 집으로 돌아가는 길에 그렇게 말했다. 차 안에서 혼자, 아무 생각도 하지 않고 아무 걱정도 없이 그저 여기저기 돌아다닐 때 말야.

그건 나도 마찬가지야. 닐스가 말했다. 배를 타고 혼자 피오르를 돌아다닐 때. 아무도 나를 부르지 않고 아무도 내게 무언가를 요구하지 않을 때가 제일 좋아.

두 사람은 서로를 마주 보며 웃음을 터뜨렸다.

너는 바뀔 수 있어. 그건 너도 알고 있지? 닐스가 말했다.

응, 알아. 이바르가 담배꽁초를 창밖으로 휙 던지며 대답했다.

그날 저녁, 거실 소파에 앉아 있던 이바르가 갑자기 벌떡 일어나더니 화장실에 다녀오겠다고 했다. 그는 성큼성큼 현관으로 가서 신발을 신고 재킷을 입은 후 어둠 속으로 나갔다. 그는 메르세데스에 앉아 시동을 걸고 수 마일을 운전해 시내까지 간 다음 자주 가는 펍 앞에 차를 세웠다. 그가 훗날 말하기를, 원래 계획은 딱 한 잔, 술을 딱 한 잔만 마시고 아무 일도 없었다는 듯 조용히 돌아와 자신이 음주량을 조절하는 데 아무런 문제가 없는 사람임을 보여주는 것이었다. 그는 변했고, 새사람이 되었고, 스스로를 통제할 수 있다고 확신했다. 하지만 그날 저녁 바에 앉은 그는 술 한 잔으로는 아무것도 증명할 수 없다는 것을 깨달았다. 한 잔의 술은 실질적으로 아무런 의미가 없었다. 그래서 그는 술을 한 잔 더 마셨다. 세 번째 잔. 네 번째 잔. 다섯 번째 잔. 여섯 번째 잔.

　형제는 몇 달 동안 서로 말을 하지 않았다. 이바르는 더이상 전화를 하지 않았고 닐스도 연락을 하지 않았다. 닐스는 이바르만 생각하면 병이 난 듯 마음이 아팠기에 애써 외면했고, 자신에겐 생각할 다른 것들이 충분히 많이 있다고 결론을 내렸다. 어느 겨울날 저녁, 닐스의 집에 전화가 왔다. 수화기 너머로는 숨소리만 들릴 뿐이었다. 닐스는 그가 이바르라는 것을 알았다. 닐스는 시내 공중전화 부스 안에 서서 수화기를 있는 힘껏 꽉 쥐고 흐느끼는 소리가 들리지 않도록 얼굴을 돌리고 있는 이바르가 보이는 것만 같았다.

미안해. 마침내 이바르가 말문을 열었다.

미안하다고? 뭐가?

미안해.

이바르는 형이 항상 옳았다고 말했다. 마침내 그 일이
일어났던 것이다. 아직이라는 말 속에 숨어 있던 그 모든
일들이 눈앞에 닥쳤다. 이바르는 어느 이른 아침 보행자
한 명을 치었다. 그는 술에 취해 있었고, 한 사람에게 부상
을 입혔으며, 운전면허증과 택시 기사 자격증을 잃었다.

이제 어떻게 할 생각이니, 이바르?

미안해, 미안해.

그 후 몇 달 동안 이바르는 미친 듯이 전화를 해댔다.
닐스에게 자신이 어디에 있는지 알려주려 전화를 했고,
자신이 하려는 모든 세세한 일들을 말해주려 전화를 했
으며, 자신의 계획과 비전에 대해 이야기하려 전화를 했
다. 닐스는 무슨 말을 해야 할지 몰랐다. 인내심을 가지고
들어주던 닐스는 결국 더 참지 못하고 이바르에게 이젠
스스로 일으킨 모든 문제들을 알아서 정리해야 한다고
말했다. 심지어 닐스는 마르타에게 대신 전화를 받아달

라고, 자신이 집에 없다고 말해달라고 부탁하기도 했다.

그들은 거의 1년 동안 서로 연락을 하지 않았다. 8월의 어느 날, 볼일이 있어 도시에 간 닐스는 근처에 사는 이바르를 만나러 아파트 5층으로 올라갔다. 이바르는 잘 지내고 있는 것 같았다. 난 술을 끊었어. 닐스는 그 말을 믿지 않는다고 했다. 지난 넉 달 동안 술을 한 방울도 입에 대지 않았어. 이바르가 말했다. 그는 주유소에 취직했고, 기름 냄새 속에서 라디오를 들으며, 스스로 운전을 할 수는 없지만 반짝이는 자동차들이 천천히 주유소로 들어왔다가 다시 사라지는 모습을 보는 것만으로도 충분히 행복하다고 했다.

이바르에게 새 애인이 생겼다. 이바르는 닐스도 그녀를 만나면 마음에 들어 할 것이라고 확신했다. 그해 늦가을, 이바르가 전화를 해서 엘리와 구로를 집으로 초대하고 싶다고 말했다. 그는 조카들이 무척 보고 싶다고 말하며, 아이들이 와준다면 온 세상을 다 얻은 것처럼 기쁠 것이라 했다. 그는 주말 동안만이라도 삼촌 역할을 할 수 있다면 스스로가 평범한 사람처럼 느껴질 것 같다고 덧붙였다. 마르타와 닐스는 의논한 끝에 아이들이 이바르 집에 머무는 주말 동안 두 사람도 그 지역의 펜션에서 지내기로 했다. 이바르는 아이들과 함께 극장과 수족관을 방문했고, 카페에서 콜라 한 병을 나누어 마셨다. 일요일에는 함께 축구 경기를 보러 갔다. 다시 부모를 만난 아이들은 환하게 웃으며 다음 주에도 이바르 삼촌 집에 가도 되냐고 물었다.

그해 12월, 형제는 전화 통화를 했고, 크리스마스 이틀 전에 닐스가 이바르를 데리러 가기로 약속했다. 동생은 이번엔 좀 더 오래 머물러도 되냐고 물었다. 그는 새해가 되면 닐스와 함께 몇 달 동안 배를 타고 싶다고 말했다. 그는 피오르가 그리워 자주 기억 속에 있는 모든 산 이름과 농가 이름을 순서대로 읊어보았고 그럴 때마다 항상 마지막에는 비카에 있는 형의 집을 떠올린다고 했다. 닐스는 이바르에게 자기 집에 머물려면 아침 일찍 일어나야 한다고 말했다. 느지막이 일어나 오후가 될 때까지 뚱뚱한 엉덩이를 따뜻한 메르세데스 좌석에 맡긴 채 커피를 마시면 안 된다고 했다. 이바르는 웃음을 터뜨리며 아

침 일찍 일어나 신선한 공기를 마시고 형과 함께 담배를

피울 수 있기를 고대한다고 말했다.

　그럼 월요일날 데리러 갈게.

　알았어. 그때 봐, 형.

1979년, 1년 중 낮이 가장 짧은 날, 닐스는 한기 가득한
침실에서 눈을 떴다. 하얀 눈이 창틀과 땅 위에 쌓여 있었
다. 그는 커튼을 걷어 올리고 야윈 겨울 풍경을 바라보았
다. 검은색 나무, 회색 산등성이만 제외하고선 온 세상이
하얗게 변해 있었다. 그는 마르타의 뺨에 입을 맞추고 옷
을 입은 후, 안개 낀 길을 걸어 부두로 내려갔다. 동이 틀
무렵이 되자 날씨가 맑아졌고 서리는 더 깊고 묵직해졌
다. 지붕과 전봇대, 나무와 전선 위에는 하얀 눈이 무겁게
내려앉아 있었다. 산 너머로 아침 햇살이 눈부신 빛을 발
했다. 그는 도시 부두에 배를 정박시키고 이바르가 사는
동네의 길을 걸었다. 승강기를 타고 5층으로 올라가 초인
종을 눌렀지만 안에선 아무런 인기척도 들리지 않았다.

그는 동생이 아직도 자고 있을 것이라고 생각했다. 11시를 훌쩍 넘긴 시간이었다. 그는 동생과 함께 배를 타게 된다면 아침마다 그를 깨우는 일로 전쟁을 치를 것이라 생각했다. 닐스는 대문을 살짝 밀어보았다. 대문은 잠겨 있지 않았다. 현관에는 이바르의 고양이가 머리에 총을 맞고 혀를 쑥 뺀 채 널브러져 있었다. 닐스는 서둘러 안으로 들어갔다. 이바르는 잘 꾸며진 거실 소파에 빳빳하게 앉아 있었고, 주변은 피로 흥건했다. 쿠션과 벽에도 핏자국이 있었다. 이바르의 목은 뒤로 젖혀져 있었다. 마치 자신의 삶이 얼마나 혼란스럽고 대책 없는지 그제서야 깨달았다는 듯 천장을 쳐다보고 있었다. 오른쪽 눈은 금방이라도 녹아내릴 듯 젤리처럼 얼굴에서 흘러내리고 있었다. 닐스는 뒷걸음질을 쳤다. 단숨에 계단을 뛰어내려간 그는 길모퉁이에 앉아 하얀 눈 위에 토했다.

어떻게 죽는 것이 가장 좋을까? 알 수 없다. 그걸 아는 것은 불가능하다. 그는 수년 전 마르타와 이에 대해 대화를 나누었던 것을 떠올렸다. 랑외위아에 살던 한 노부부와의 만남 직후였다. 그는 그때의 일을 일지에 적지 않았다. 그 일은 너무나 특별해서 적어놓지 않아도 세세한 부분까지 기억할 수 있었다. 어느 화창한 봄날, 말레네 뮈클레부스트가 그에게 전화를 했다. 자신의 남편 예르하르가 이상하다며 서둘러 병원에 가야 한다고 말했다. 닐스는 허둥지둥 배에 올랐다. 부두에 나와 기다리고 있던 말레네는 닐스를 집으로 인도했다. 70대로 보이는 그녀의 남편은 파란색 잠옷을 입고 부엌 바닥에 쓰러져 있었다. 닐스가 죽은 사람을 본 것은 그때가 처음이었다. 그는 그

전까지만 하더라도 죽음이 훨씬 더 극적일 것이라고 생각했었다. 노인은 매우 평화로워 보였다. 마치 연료가 떨어진 것처럼 삶은 이미 그에게서 빠져나갔다. 그렇다, 죽음은 그렇게 보였다. 노인에게는 단 몇 분도 더 남아 있지 않았다. 닐스는 다가가 맥박을 짚어보았다. 죽었나요? 말레네가 물었다. 네, 그렇습니다. 애도를 표합니다. 닐스는 말레네의 어깨를 감싸고 시신에게서 떨어져 있을 수 있도록 거실로 데려갔다.

의사가 오기를 기다리던 말레네는 그날 아침에 남편과 함께 시간을 보냈다고 닐스에게 말했다. *함께 시간을 보냈다.* 그렇다, 바로 그것이 그녀가 사용한 표현이었다. 그녀는 수줍은 듯 바닥을 내려다보며 그날 아침 두 사람은 새소리와 아침 햇살 속에서 참으로 행복한 시간을 보냈다고 말했다. 하지만 지금은 남편의 죽음이 마치 자신의 탓인 것 같아 죄책감을 느낀다고 했다. 왜냐하면 그들이 함께 시간을 보낸 직후, 남편은 담배를 피우러 부엌으로 갔고, 갑자기 혼란스러워하더니 바닥에 쓰러졌으며, 이젠 세상을 떠났기 때문이었다. 죽는 방법에도 여러 가지가 있는 것 같아요. 그날 집으로 돌아온 닐스는 부엌에 앉아 커피를 마시며 마르타에게 그렇게 말했다. 나도 그렇게 죽고 싶어요. 그런데 부엌이 아니라 침대 위라면 좋겠어요. 한 여인의 몸속에 파도처럼 밀고 들어갔다가 단단한 성기와 함께 이 세상에서 사라진다는 건 꽤 아름다운 일 같거든요. 말조심하세요. 세상일은 말처럼 되는 법이니까. 마르타가 그에게 쏘아붙였다.

마르타가 첫 번째 뇌졸중 증상을 보인 후, 그는 일주일에 두 번씩 그녀를 시내 병원으로 데려갔다. 그는 마르타가 병원에서 치료를 받는 동안 근처를 산책했다. 마르타의 상태는 점점 악화되었다. 오른쪽 눈과 입술이 밑으로 축 처졌다. 그녀가 미소를 지으려 할 때면 입은 아래쪽으로 거의 사라지다시피 했다. 그녀는 마치 늘어진 음반처럼 말을 느릿느릿하게 했다. 닐스는 아직 일지가 되지 않은 빈 수첩을 그녀에게 주며, 하고 싶은 말들을 적어보라고 했다. 그녀는 떨리는 손으로 비뚤비뚤하게 대문자로 글씨를 썼다. 마치 그녀의 신체 상태가 글자로도 표현되는 것 같았다. *이건 불공평해요. 나를 보세요. 나는 이 연필처럼 빼빼해졌어요.* 그녀는 일이 어떤 식으로든 더 빨리 진행되기를 바랐다. 그녀는 다른 환자들과 자신을 비교했다. 그들은 그녀의 척도였던 셈이었다. 그녀는 같은 병동에 있는 다른 환자들보다 훨씬 빨리 회복되기를 바랐다. *나는 적어도 저 여자보다는 더 좋아 보인다고 생각해요.*

가끔 마르타는 하루 종일 병원에 머물기도 했다. 그런 날이면 닐스는 쌀쌀한 아침 공기 속을 홀로 터벅터벅 걸었다. 어느덧 그는 그곳의 풍경을 좋아하기 시작했다. 도시는 그의 눈앞에서 말미잘처럼 쫙 펼쳐졌다. 길과 길, 건물과 건물. 그는 교회 묘지를 가로지르며 비석에 적힌 이름들을 하나하나 읽어보았고, 기차역 카페에 앉아 신문을 읽거나 역에 마중 나온 사람들 또는 여행을 떠나려는 사람들을 바라보았다. 도시의 모든 남자들은 하나같이 흥행에 실패한 영화의 엑스트라, 좀도둑, 환멸에 빠진 카사노바 같았고, 여자들은 삶의 모든 것을 해결해야 한다는 듯 종종걸음으로 바쁘게 걸었다. 닐스는 일지를 지니고 다니면서, 용기가 생겨난다면 마르타에게 해주고 싶은 말들을 하나하나 적었다. *당신은 이 세상에서 없어서는 안 될 사람이에요. 당신은 아침의 빵과 저녁의 잠처럼 내게 꼭 필요한 사람이에요.* 그는 서쪽으로 지는 겨울 해를 보기 위해 다리 위로 걸어갔다. 그는 언젠가 배를 타고 바로 그 다리 아래를 지나친 적이 있었다. 다리 위에선 한 러시아 서커스 단원이 가느다란 줄 위에서 물구나무 묘기를 선보이고 있었다. 그날은 그의 가족이 다 같이 배에 탄 날이었는데, 두 딸은 환호성을 질렀다.

봄이 오자 그는 공원 벤치에 앉아 마르타를 기다렸다. 공기는 맑고 깨끗하고 부드러웠다. 도시의 봄은 피오르의 봄과 사뭇 달랐다. 피오르에서는 산기슭과 들판에 푸르름이 스며듦과 동시에 새소리와 종소리, 그리고 양들의 울음소리가 들렸다. 반면 도시의 봄은 사람들의 헤어스타일과 옷차림에 가장 먼저 찾아오는 것 같았다. 아스팔트 위를 걷는 사람들의 재킷은 얇아졌고, 바지 색은 연해졌으며, 깨끗하게 세차된 자동차가 햇살을 반사했다.

그는 극장 옆 사진관 앞에 서 있는 것을 좋아했다. 거리를 향한 창에는 아이들과 신혼부부, 그리고 잘 알려진 유명한 얼굴들의 사진이 걸려 있었다. 사진사는 정기적으로 사진들을 바꾸어 걸었고 그때마다 새로운 얼굴과 몸이 등장했다. 닐스는 그 사진들을 하나하나 유심히 보았다. 모두 어떤 특정한 순간에 찍힌 사진들이었다. 닐스는 그것이 1989년인지, 1994년인지, 1996년인지 알지 못했다. 어쩌면 1974년에 찍은 사진일 수도 있었다. 몇몇은 불과 수년 전에 찍혔겠지만 사진들은 그가 지하실에 모아둔 신문들처럼 시간을 초월한 모습을 보여주었다. 바로 지금 이 순간, 여기 이 자리에 존재하지만 동시에 무언가 더 큰 것을 향해 뻗어 있는 것 같았다. 그는 사진관 앞에 서서 사진 속 사람들은 저 이후에 어떻게 되었는지 궁금해했다. 그들은 행복했을까? 그들은 여전히 부부로 잘 살고 있을까? 그들은 아직도 살아 있을까? 거기에 그의 사진이 걸릴 일은 없을 것이다. 그와 마르타는 결혼식을 올린 후 사진관에 가지도 않았다. 닐스 비크는 창에 반사된 자신의 모습을 바라보았다. 단정하게 뒤로 빗어 넘긴 머리카락, 푸른색의 커다란 눈동자, 한평생 그렇게 보이기로 되어 있는 바로 그 얼굴. 그는 예순여덟 살이었다. 그의 몸은 건장했다. 그의 시력은 여전히 완벽했다. 그의 치아는 아직도 건강했다. 그는 미소를 지었다.

딸들이 마르타를 살펴보기 위해 집에 들렀지만, 닐스는 그들이 도움이 되기는커녕 오히려 귀찮다고만 생각했다. 어머니에게 좀 더 친절하게 대해주시면 안 되나요? 어머니를 위해 더 많은 것을 해줄 수는 없나요? 딸들의 말은 그에게 상처를 주었지만, 그는 내색하지 않고 계속 그래왔듯 아내를 도와주기 위해 최선을 다했다. *내 담배는 어디 있나요?* 마르타가 수첩에 적은 글자를 닐스의 앞에 들어 보였다. 닐스는 대답 없이 어깨만 으쓱 추켜 보였다. *담배를 어디에 숨겼나요?* 그는 마르타에게 담배를 피우는 것은 좋지 않다고 말했다. *나는 내게 뭐가 좋은지 잘 알아요.* 닐스는 웃음을 터뜨렸다. 그래요, 나도 당신이 잘 알고 있다고 생각해요. 닐스는 그렇게 말하며 종이에 적힌 '뭐'를 가리켰다. 그녀는 수첩을 손에 들고 한동안 말없이 앉아 있다가 다시 무언가를 쓰기 시작했다. *내가 죽으면 화장해주세요. 그리고 내가 들어 있는 항아리는 저*

테이블 위에 놓아두세요.

　닐스는 그녀가 병마와 싸우는 모습을 지켜보았다. 더 힘을 내라고 말해주고 싶었지만, 잘못된 말을 할까 봐 두려웠다. 그는 이제 어떤 말을 해야 하는지, 또 어떤 말을 그저 마음속에만 담아두어야 하는지 알 수 없었다. 당신은 말이 없는 사람이군요. 두 사람이 사귀기 시작했을 때 마르타는 그렇게 말했다. 말할 게 뭐가 있나요? 그는 마르타에게 이렇게 되물었다. 그는 사람들이 대화를 나눌 때 함께 있는 것을 좋아했지만, 직접 말을 하기보다는 듣는 것을 더 좋아했다. 하지만 마르타를 만나고 그는 변하기 시작했다. 마르타는 그에게 '사랑'이라는 말과 '내 사랑'이라는 말을 하도록 가르쳤고, 말을 하지 않고 쥐 죽은 듯 조용하게만 있으면 죽은 것이나 마찬가지라고 말했다. 하지만 지금 그는 무슨 말을 해야 할지 알 수 없었다. 마르타는 그의 말이 조금이라도 도발적으로 들리면 짜증을 냈다. 다시 말을 할 수 있게 된다면 무슨 말을 가장 먼저 하고 싶냐고 물었을 때도 마찬가지였다. 그녀는 종이에 무언가를 적어 그에게 보여주었다. *나는 '이렇게 짐짝*

*처럼 죽고 싶진 않아요'*라고 말할 거예요.

그는 변화를 좋아하지 않는 사람, 새로운 것을 좋아하지 않는 사람이었다. 그는 새로운 것 앞에선 무엇을 어떻게 해야 할지 모르는 사람이었고, 평범하고 반복적인 것들, 작은 글자들과 매일매일의 일상을 좋아하는 사람이었다. 이것은 그에게 있어 너무나 큰 변화였다. 그녀가 뇌졸중의 타격에도 살아남았다는 기쁨은 시간이 지나면서 모든 것이 이전과 같지 않다는 슬픔과 그 누구도 죽음의 손길에서 벗어날 수 없다는 메스꺼운 확신으로 변했다. 마치 한번 발각되기만 하면 순식간에 모든 것을 덮어버리는 피오르의 어둠처럼.

마르타의 예순다섯 번째 생일에 그녀를 깜짝 놀라게 해주고 싶었던 닐스는 호텔 레스토랑에 저녁 식사를 예약했다. 그런데 막상 그날이 오자 그녀는 집에 있겠다고 고집을 부렸다. 그녀는 자신을 바라볼 사람들의 눈길이 싫다고 수첩에 적었다. 그는 모든 것을 고려해 잘 준비했으니 그런 걱정은 하지 않아도 된다고 말했다. 그날은 앞으로도 오래 기억할 수 있는 날이 될 것이며, 아이들도 오기로 했다고 덧붙였다. *날 요양원에 보내줘요.* 안 돼요. 닐스는 고개를 저으며 말했다. 내가 당신을 보살펴줄 거예요. 밤낮 가리지 않고 돌봐줄 거예요. 그녀는 종이 위에 *젠장!*이라고 적었다. 닐스는 그녀가 스스로를 표현하는 방식이 예전 같지 않아 두렵다고 말했다. 마치 다른 사람 같아서, 뇌졸중으로 또다시 쓰러지기 전의 전조 증상일까 봐 겁이 나는데 의사에게 전화를 해봐야 할지 물어보았다.

마음대로 하세요! 그녀는 이렇게 적었다. 아무래도 전화를 해야 할 것 같아요. 그녀는 듣기 싫다는 듯 손을 휘휘 내저었다. 닐스는 마르타의 옆에 앉아서, 우리 두 사람에겐 서로가 필요하다고 말했다. 그에겐 그녀가 필요하고 그녀가 없으면 그는 아무것도 아니라고 했다. 마르타는 수첩을 한 장 앞으로 넘겨 *젠장!*이라고 적힌 페이지를 그의 눈앞에 다시 내밀었다. 그리고 다시 빈 페이지를 찾아 이렇게 적었다. *당신은 배에만 충실했어요. 항상 그랬어요.* 그는 아무 말도 하지 않았다. *만약 내가 죽으면, 당신은 하루 종일 배에 있을 수 있으니 좋지 않은가요?* 그

는 무슨 말을 해야 할지 몰랐다. 결국 그는 마르타에게서 수첩을 빼앗아 이렇게 적었다. *나는 당신을 사랑해요. 내가 바로 당신을 사랑하는 사람이란 말이에요.*

이것이 그의 마지막 날이었다. 그리고 이 마지막 날은 닐스 비크가 열린 바다로 나아가면서 끝날 것이다. 이제 그의 배는 밤배가 되었고 도시는 그의 등 뒤에 자리 잡았다. 그는 시간을 가능한 한 많이 거꾸로 돌려놓았다. 배는 마치 스스로 빛을 밝히며 어둠 속에서, 어둠을 향해 나아가는 듯했다.

　루나는 자신이 어떻게 죽었는지 물었다. 닐스는 트럭에 치여 죽었다고 대답했다. 그는 오래전부터 그런 일이 생길 것이라고 예상했었다. 개는 나이가 들수록 움직임이 느려졌지만 스스로는 그것을 모르는 것 같았기 때문이다. 개는 트럭에 치이는 순간 허공으로 붕 떠올랐다가 아스팔트 위로 떨어져 헐떡이며 쓰러져 있었다.

개는 아무것도 기억하지 못한다고 말했다. 모든 것이 사라져버린 것 같다고 했다. 개가 닐스 곁으로 다가왔다.

나는 당신을 돌봐야 한다는 것을 어느 정도 알고 있었지만, 내가 죽은 후엔 그게 쉽지 않더군요.

괜찮아.

나는 몇 살 때 죽었나요?

열일곱 살이었어.

사람 나이로 말인가요?

아니, 개 나이로.

나는 못난 개였나요? 난 항상 그게 궁금했어요.

못난 개였냐고? 아냐! 넌 참 예쁜 개였어. 몸집이 그다지 크지도 않았어. 아주 적당했지. 몸집이 커다란 개는 빨리 늙는단다.

그런데 당신은요, 닐스? 당신은 몇 살인가요? 만약 당신이 나였다면 말이죠.

나? 그러니까, 내가 개 나이로 몇 살이냐고?

네! 바로 그거예요!

글쎄, 아마 네 나이랑 비슷할 거야.

열일곱 살? 그렇다면 우린 동갑내기 친구란 말인가요? 하하하!

배는 계속 미끄러지듯 앞으로 나아갔고, 파도의 움직임은 끈적하고 느릿느릿했다. 구름이 잠시 자취를 감추자 반짝이는 달빛이 바닷물 위에서 가볍게 떠돌더니 곧 거대하고 새카만 타르 같은 어둠 속으로 사라졌다. 닐스는 석유 플랫폼과 유조선, 트롤 어선의 깜박이는 불빛을 지나쳤다. 오케스트라와 바와 라운지 의자, 그리고 수영장이 있는 거대한 유람선의 환한 불빛도 지나쳤다. 유람선의 승객들은 난간에 서서 그에게 손을 흔들었지만, 그는 손을 흔들어주지 않았다.

더 앞으로, 더 멀리. 바다가 다시 부풀어 올랐다. 그의 마지막 조수. 그는 맑은 공기를 깊이 들이마시고 창문에 이마를 댄 채 밤하늘을 올려다보았다. 눈을 감았다. 몇 초, 아니 그보다 조금 더 오래였을지도 모른다. 다시 눈을 뜬 그는 길을 잃은 듯 무력한 느낌에 사로잡혔다. 그는 자신이 어디에 있는지 알아내려 애썼다. 위도 60.36도, 경도

2.11도쯤일 것이라고 짐작했지만 확신할 수는 없었다. 그는 이제 항로를 벗어난 길 잃은 페리 운전수가 되었다. 그가 어깨를 움츠리자 점퍼의 목깃이 귀에 닿았다. 그는 사라지고 있다. 그는 사라질 것이다. 계기판을 보며 그는 자신이 곧 사라질 것이라는 사실을 알았다. 그는 평생 그 몸속에 있었고, 곧 그 몸에서 벗어날 것이다. 몸은 지금까지 행하고, 깨닫고, 느끼고, 수행하고, 반복하는 그 모든 일을 해왔다. 하지만 이제 그 모든 일은 뒤에 남겨질 것이다. 그는 힙플라스크에 담긴 술을 마지막으로 한 모금 마셨다. 항해일지의 마지막 장에는 무엇을 써야 할까? 알수 없었다. 쫓기던 말은 망각 속으로 피했다. 그는 비뚤비뚤한 손글씨로 일지를 채워왔다. 그는 말이 어디서 오는지 알지 못했지만 항상 기쁜 마음으로 기록했다. 지금처럼. *남동풍 5에서 7 정도, 바다는 점점 거칠어진다.*

닐스 비크는 노래를 부르기 시작했다. 기타 소년이 연주를 하자 닐스는 그 멜로디에 빠져들었다. 그가 노래를 불렀다. 이곳은 조용해서는 안 되는 곳. 고요는 항상 우리에게 무언가를 요구하니까. 그의 목소리는 마치 무無에서 나오는 것 같았다. 마치 다른 존재에 속한 목소리 같기도 했다. *그들을 데려오세.* 그가 노래했다. *그들을 그림자로부터 데려오세, 그들을 어둠으로부터 데려오세. 그들을 산에서, 길에서, 한기에서, 빗속에서 데려와 모두들 한자리에 모아보세. 그들을 들판에서, 안개에서 데려와 한자리에 모아보세. 내게 배를 주오. 내게 배를 한 척 주오.* 그들이 오고 있었다. 모두들 함께. 아무도 죽은 자들을 멈추지 못한다. 그들은 두 발로 걸어서, 버스를 타고, 택시를 타고 왔다. 배 위 허공에 떠 있는 그들은 랜턴 불빛 속에서 모습을 드러냈다. 밤배는 죽은 자들로 채워졌다. 라디오에서 지직거리는 소리가 났다. 스피커를 통해 가느다란 목소리가 신음처럼 흘러나왔다. 닐스는 그 말을 알아들을 수 없었다. 갑자기 크게 외치는 목소리가 들렸다. *내 사랑, 당신을 기다리고 있어요.* 곧 목소리들이 쏟아졌다. 라디오가 콸콸 토해내는 목소리들 사이로 간간이 노래와 음악 소리가 들려왔다. 파도처럼 일렁이는 목소리, 반짝이다가 이내 조용해지는 목소리, 정전기 같은 목소리, 음악 조각들, 가까이 다가왔다가 어디론가 사라지는 리듬들. 닐스는 그들이 자신에 대해 이야기하고 있다는 것을 깨달았다. *닐스 비크.* 한순간 조타실은 그의 삶에 관한 메시지로 가득 채워졌다.

이바르 비크 피오르의 사람들은 항상 친절을 일종의 약점이라고 생각했어요. 하지만 형은 친절이 약점의 반대라는 것을 보여주었던 사람이에요. …… 브리타 셀도스 나는 닐스가 미소 짓는 것을 한 번도 본 적이 없어요. 한번은 왜 미소를 짓지 않느냐고 물어봤죠. 그러자 미소를 짓더군요. 나는 그때 그가 미소 짓는 모습을 처음 보았다고 말했어요. 하지만 그는 자신이 미소를 지었다는 사실을 완강히 부인했답니다. …… 에이나르 스보르테비크 겨울에 태어난 그는 피오르에서 자랐어요. 그러니 바다가 그의 삶의 한 부분이 되었던 것은 너무나도 자연스러운 일이었죠. …… 프레드릭 모스 닐스는 기억력이 참 좋았어요. 가끔 폭풍과 안개를 피할 수 있는 곳을 찾아야 하는 페리 운전수에게 좋은 기억력은 황금과도 같은 것이죠.

…… 아문 모게 나는 열 살인가 열한 살 때 집을 나온 적이 있어요. 어느 여름날이었답니다. 그때 내가 지녔던 건 물과 금붕어가 담긴 비닐봉지 하나뿐이었어요. 선실에서 나를 발견한 닐스는 곧장 육지로 올라갔어요. 그는 내 어머니에게 전화를 해서 배에 밀항자가 있다고 말했고, 내겐 아이스크림을 사주었어요. …… 릴리 글로펜 닐스는 피스톤 스프링과 밸브, 엔진에 관심이 많았지만, 내 생각엔 그가 사람한테 관심을 더 많이 보였던 것 같아요. …… 마르기트 예센달 하늘을 나는 제비 같은 사람이었어요. 피오르 여기저기를 날면서 눈에 보이지 않는 실을 엮듯 이곳을 하나로 묶어주었죠. …… 에길 에릭센 사람들이 닐스에 대해 모르는 것이 하나 있어요. 그는 언젠가 물에 빠진 한 소년을 구해준 적이 있답니다. 목숨을 걸 정도로 위험한 일이었지만 그는 해냈어요. 하지만 나는 단 한 번도 그가 그것에 대해 자랑하는 것을 들어본 적이 없어요. …… 욘 안데르손 노래도 참 잘했어요. 정말이에요. 여러분도 닐스의 노래를 들어봤더라면 좋았을 텐데요. …… 엘렌 쇠르트베이트 나는 그의 배 안에서 남편을 만났어요. 그때 나

는 열여섯 살이었고 학교에 가는 길이었죠. 닐스 비크는 지금 배 안에 젊은 청년이 한 명 있는데 한눈에 봐도 착하고 멋진 젠틀맨이기에 틀림없이 내 가방을 들어줄 것이라고 말했답니다. 그 청년은 정말 닐스가 말한 대로 내 가방을 들어주었고 그 후의 일은 말하지 않아도 다 잘 알 거예요. …… **잉그리드 알스타세테르** 그는 효율적인 사람과는 거리가 멀었어요. 좋은 의미로 말이죠. 왜냐하면 주변 사람들을 위해서라면 자신의 시간을 아끼지 않았으니까요. …… **로버트 소트** 나보다 훨씬 나은 사람이었어요. 닐스는 자신의 아내를 진심으로 사랑했어요. 나는 그 두 사람이 손뼉을 치는 양손처럼 살았다고 자주 말했죠. 그가 왼손이라면 그의 아내는 오른손이라고. …… **구로 비크** 나는 아버지의 손을 기억해요. 강하고 커다란 그 손은 힘든 일을 하며 얻은 상처로 가득했고, 항상 신선한 공기와 흙, 그리고 바다의 냄새가 났어요. …… **루나** 닐스의 팔 안쪽은 항상 따뜻했어요. 그리고 그는 항상 새로웠어요. 꽤 오래 살았는데도 불구하고 항상 새로웠답니다. …… **카리아**가 언젠가 내게 참으로 좋은 말을 해준 적이 있어요.

난 너무나 감동해서 그가 했던 말을 적어놓기까지 했답니다. 닐스는 이 세상은 한 벌의 옷과 같아서 겉은 아름답고 속은 따뜻하다고 했어요. …… 슈르 미에스 나는 닐스가 멋진 코트를 샀던 것을 기억해요. 평상시에 기계공처럼 옷을 입고 다녔는데 그 코트를 입으니 마치 딴사람처럼 보였어요. 나는 닐스가 마르타를 잃을까 봐 겁이 나서 그 코트를 입고 다녔다고 생각해요. 마르타는 항상 우아했거든요. 아내의 눈에 멋지고 새롭게 보이고 싶었을 거예요. 잘은 모르지만 그랬을 거라 생각해요. …… 브뤼니 울프 블레이에 닐스는 돈을 버는 족족 모두 썼어요. 그를 아는 사람들은 쉽게 짐작했을 거예요. 하지만 사실 그가 버는 돈은 그리 많지 않았답니다. …… 핀 토프테 내 생명을 구해준 은인이에요. 내가 톱질을 하다가 손가락 두 개를 잃었을 때 닐스가 재빨리 배에서 내려 붕대를 감아주고 나를 병원에 데리고 갔어요. 그는 내게 팔을 심장 위치보다 높이 들어야 한다고 말해주었어요. 나는 그때 너무나 어지러워서 그런 건 생각지도 못했답니다. 만약 그때 그가 그 말을 해주지 않았더라면 아마도 내 몸속에 있던 피가 모두 빠져나갔을 거예요. …… 옌스 헤우게 닐스는 모든 사람들에게서 좋은 점을 보았어요. 적어도 나는 그렇게 생각해요. 닐스는 모든 이들을 감싸주었답니다. 나는 그에게 감사할 일이 너무나 많아요. …… 엘리 비크 어머니의 장례식을 치르던 날이었어요. 사람들이 관을 운반해 나갈 때 아버지가 결혼반지를 낀 손가락으로 어머니의 관을 톡톡 두드리는 모습을 봤어요. 마치 어머니에게 이렇게 말하는 것 같았답니다. 우리 곧 만나요.

너무나 늦었다. 너무나. 닐스 비크는 이 세상에서의 시간이 얼마 남지 않았다는 것을 알고 있었다. 그의 몸속에서 녹아내린 시간은 밤과 낮으로 촘촘하게 엮인 울타리 사이로 흘러내렸다. 그는 창문에 희미하게 비친 자신의 모습을 보았다. 이상하게 변한 얼굴 속에 자리한 두개골까지 볼 수 있었기에 그는 깜짝 놀랐다. 그의 얼굴은 피오르로, 바다로 돌아가려 하고 있었다.

　그는 엔진을 끄고 전원을 차단하고 싶었다. 아무 소리도 들리지 않는 조용한 곳에서 쉬고 싶었다. 1분, 아니 2분만이라도 눈을 감고 팔다리를 쭉 편 채 쉬고 싶었다. 그가 하루 온종일 또는 밤새 피오르에서 시간을 보낸 후 가장 고대했던 것은 바로 이 순간이었다. 엔진이 꺼지고 아무 소리도 들리지 않는 순간, 갖가지 소음 위로 정적이 내려앉는 순간. 마침내 육지에 발을 디딜 때면 그는 키가 3미터는 족히 커진 것 같은 느낌에 사로잡히곤 했다.

닐스는 이것이 바로 그의 이야기라고 생각했다. 그는 이제서야 모든 것을 깨달았고 전체적인 그림을 볼 수 있었다. 그는 세상에 태어나 한 걸음씩 한 걸음씩 여기까지 왔다. 세상에 태어난다는 것은 바람과 바다와 땅, 미움과 사랑이 무엇인지 알 수 있을 정도로 오래 살았던 데 감사하고 작별을 고하는 것이다. 삶은 끝없는 초안과 스케치이며, 적응하고 받아들이는 것에 대한 이야기이자 과거와 변화에 대한 이야기이다. 우리는 일단 시작된 이야기를 마음대로 바꿀 수 없으며, 좋든 싫든 이야기의 마지막까지 따라가야 한다.

마르타에게 두 번째 뇌졸중 증상이 찾아왔던 10월의 어느 날 밤, 닐스는 이제 죽음이 손등의 점이나 팔의 문신처럼 그녀에게서 떨어지지 않을 것이라는 사실을 깨달았다. 그는 의사를 부를 수도 있었고, 딸들에게 전화를 할 수도 있었고, 마르타를 배에 태워 병원에 데려갈 수도 있었지만, 어쨌거나 때가 늦었다는 것을 알고 있었다. 마르타는 이제 그의 손길이 닿지 않는 곳에서 홀로 고군분투했다. 그녀의 호흡은 불규칙적이었고 맥박은 끊어질 듯 희미했다. 두 사람은 서로의 손을 꼭 잡았다. 닐스는 그녀의 이름을 부르며 곧 뒤따라가겠다고 나직이 속삭였다.

잡은 손을 놓았을 때, 그의 맥박은 여전히 뛰고 있었고 그녀의 맥박은 멈추었다. 마르타의 얼굴에는 일종의 인식이 불꽃처럼 피어올랐고, 그와 동시에 모든 것이 끝났다. 그는 계속 그 자리에 누워 있었다. 피오르 너머로, 나뭇가지 사이로 햇살이 새어 들어올 때까지 거기 누워 있었다. 그녀는 죽은 후에도 살아생전과 그리 다르지 않았다. 그저 조금 더 창백하게 보일 뿐이었다. 핏기는 그녀의 몸에서 빠르게 사라졌다. *당신 없이 어떻게 살아갈 수 있을까요?* 그가 나직이 중얼거렸다. *일주일이 되고 한 달이 되고 1년이 되고 평생이 되는 이 하루하루를 당신 없이 어떻게 살아갈 수 있을까요?* 그는 몸을 일으켜 마르타의 차가운 이마에 입을 맞추며, 남은 생의 모든 순간마다 그

녀를 기억하며 살리라 결심했다. 그리고 그는 그 약속을
지켰다.

이제 그는 그녀가 멀지 않은 곳에 있다는 것을 알았다.
공기 중에서, 빗속에서 그녀의 존재를 느낄 수 있었다. 그
는 손을 뻗으면 닿을 수 있을 만큼, 그래서 그녀의 손을
잡고 이 세상에서 다음 세상으로 함께 갈 수 있을 만큼 그
녀가 가까이 오기를 기다렸다. 마침내 그녀가 왔다. 여기
그녀가 왔다. 그의 이야기가 끝날 무렵 마르타가 온 것이
다. 그녀는 등 뒤에서 두 팔로 그를 감싸안으며 몸을 기댔
고, 마치 자신이라는 것을 모르는 그를 깜짝 놀라게 해주
려는 듯이 두 손으로 그의 눈을 가렸다. 닐스는 목에 닿는
그녀의 숨결, 살갗 위로 움직이는 그녀의 혀를 느꼈다. 닐
스가 몸을 돌려 마르타를 바라보았다. 그녀는 니트 재킷을
입고 있었다. 그녀가 두 손으로 닐스의 얼굴을 감쌌다.

어떻게 피오르를 건너왔나요? 그가 물었다.

물론 자전거를 타고 왔죠. 그녀가 대답했다.

그가 피오르를 건넜다. 열린 바다로, 더는 숨을 수 없는

곳으로, 더는 두 다리로 몸을 지탱하지 않아도 되는 곳으로, 더는 배의 심장이 뛰지 않는 곳으로 갔다. 그가 피오르를 건넜다. 빛을 향해, 어둠 속의 빛을 향해, 산과 길과 비와 그림자와 집과 수평선 너머의 빛을 향해 갔다. 시작은 이런 모습이었을 것이다. 그가 뱃머리에 랜턴 불을 밝히고 어두운 피오르를 건널 때처럼, 태초엔 어둠과 빛이 있었을 것이고 그 어둠은 빛을 감싸고 있었을 것이다. 태초에 그는 삶에서 한 발짝 떨어진 곳에 있었고, 지금은 죽음에서 한 발짝 떨어진 곳에 있다. 닐스 비크는 눈을 감았다. 그의 마지막 날은 이렇게 끝이 났다.

⚓

옮긴이의 말

이 책은 피오르 양옆에 자리한 도시와 섬마을을 이어주는 한 페리 운전수의 삶과 죽음을 다루고 있다. 이 책의 작가 프로데 그뤼텐 또한 노르웨이 남서쪽의 하르당에르 피오르가 끝나는 지점에 자리한 작은 도시 오다 출신이다.

피오르를 따라 배를 타고 가다 보면 대개는 마치 그 물길을 보호하기라도 하듯 양옆에 하늘을 찌를 듯 높이 솟아 있는 산을 볼 수 있다. 하지만 오다는 피오르의 끝에 자리한 도시이기에 부두에 들어서기 전부터 눈앞을 가로막는 거대한 산을 볼 수 있다. 나 또한 언젠가 페리를 타고 그곳을 지나치다 갑자기 이곳이 끝이라고 말하는 듯 불쑥 나타난 거뭇거뭇한 산의 위용에 숨이 턱 막혀 한참이나 넋을 잃고 제자리에 가만히 서 있었던 기억이 있다.

인구 1만 명 정도의 작은 도시, 아니 마을이라 해야 더 정확할지도 모르는 이곳에서 사용하는 일상어는 노르웨이 공식 언어 중 하나인 뉘노르스크어에 가깝다. 그래서 프로데 그뤼텐이 노벨문학상 수상자인 욘 포세와 더불어 뉘노르스크어로 작품을 집필하는 몇 안 되는 노르웨이 작가 중 한 명이라는 사실은 그리 놀랍지 않다. 흔히 뉘노르스크어는 시를 쓸 때 더 적합한 언어라고 알려져 있다. 성과 시제에 따른 동사와 명사의 변형 방식이 독특한 발음과 리듬을 형성하기 때문일 것이다. 또한 뉘노르스크어는 노르웨이의 또 다른 공식 언어 보크몰에 비해 어딘지 모르게 정제되지 않은 듯한 느낌을 준다. 그래서인지 뉘노르스크어는 노르웨이의 투박하나 아름다운 자연과 많이 닮았다는 생각도 지울 수 없다. 이처럼 뉘노르스크어로 쓰인 문학작품을 읽을 때면 머리와 가슴에 남는 여운이 특별하다. 특히 그뤼텐의 작품이 그러하다.

그는 내가 개인적으로 참 좋아하는 노르웨이 작가 중 한 사람이다. 그의 작품은 항상 담담한 분위기를 유지하고 있지만, 바로 그렇기 때문에 그 어떤 다른 작가의 작품보다 더 깊은 울림을 준다. 게다가 직접 대화를 나누어보면 그 누구보다 따스하고 부드러운 성정을 지닌 사람이라는 것을 알게 된다.

아마 10여 년 전쯤이었을 것이다. 무슨 일 때문이었는지는 정확히 기억나지 않지만 당시 베르겐 문학회관의 관장이었던 크리스틴과 전화 통화를 한 적이 있었다. 아마도 서로 어떻게 지내고 있는지 안부를 묻는 등 사사로운 이야기들을 주고받았던 것 같다. 그녀와의 전화 통화 직후, 내게 낯선 문자가 왔다. 모르는 번호였다. '이야기 많이 들었어요. 그런데 아직도 내 책을 번역하지 않았다니 섭섭하네요. 하하. 기회가 된다면 언제 한번 만나 커피 한잔해요. ─프로데 그뤼텐으로부터.'

알고 보니 그날 크리스틴과 프로데는 같이 점심 식사를 했고, 항상 나를 딸처럼 대해주던 그녀는 프로데에게 내 이야기를 했던 것 같다(그녀는 한국전쟁 당시 의사였던 아버지를 따라 한국에서 수년간 살았던 적이 있었기에 유난히 한국말과 한국인에 대한 애정이 강한 사람이었다). 그리고 어떤 사연이 있었는지는 모르지만 오지랖 넓게도 그녀는 프로데에게 내 전화번호를 알려주었던 모양이다. 일반적으로 그처럼 대화 중에 지나가듯 누군가가 언급되었을 때 그 낯선 이에게 당장 먼저 인사를 건네기는 쉽지 않다. 그런데 그는 자연스럽게, 기분 좋게 먼저 인사를 건넸다. 세상과 사람을 순수하게 바라보기에 가능한 일이지 않을까 하는 생각을 해보았다.

그는 노르웨이 문학계의 거장 중 한 사람으로 인정받는 사람이다. 리버튼문학상, 뉘노르스크문학상, 그리고 한 번도 받기 어렵다는 브라게문학상을 두 번이나 받았고 새로운 작품을 출간할 때마다 마치 이 조용한 나라에 큰일이라도 일어난 것처럼 문학계가 떠들썩하다. 이 책도 그가 10여 년 만에 출간한 소설이라 노르웨이 독자들이 큰 관심을 보였고, 역시나 독자들의 기대를 저버리지 않았다는 평을 받았다.

그럼에도 그는 항상 자신을 낮추고 미소를 짓고 먼저 다가가며 꾸밈이 없다. 그의 작품 세계도 다르지 않다. 높지 않아 어렵지 않고 화려하지 않아 빠져들게 되며 깊고 인간적이다. 그날 내가 어떤 답장을 보냈는지는 기억이 나지 않는다. 하지만 나는 그날 이후 그의 작품을 닥치는 대로 찾아 읽었고 그의 작품 세계에 서서히 빠져들었으며, 그가 문학상을 받았다거나 새 작품을 출간했다는 뉴스를 접할 때마다 마치 내 일처럼 뿌듯해하고 기뻐했다. 그 후 나는 그의 작품을 몇 편 번역하게 되었는데, 그는 내가 작품과 관련해 무언가를 물어볼 때마다 아무리 바보 같은 질문이라도 진지하게 들어주었고 항상 내 의견을 존중해 주었다. 노르웨이 작가들 중에는 자신의 작품이 타 언어로 번역될 때 단어 하나, 문장 하나를 꼼꼼하게 통제하는 사람이 있는가 하면, 프로데 그뤼텐처럼 번역가들의 생각과 입장을 전적으로 존중해주는 사람도 있다.

프로데 그뤼텐은 이 작품에서 우리가 어디서나 만날 수 있는 한 평범한 남자의 삶을 소개했다. 하지만 각각의 평범함 속에는 항상 저마다의 특별함이 숨어 있기 마련이다. 이 남자, 닐스의 삶도 마찬가지다. 작가는 피오르 양옆의 마을을 오고 가며 사람들을 이어주었던 이의 이야기를 하기 위해 반복과 쉼표를 자주 사용했고, 문단을 잘 나누지 않았으며, 문장들을 큰따옴표 안에 가두지 않았다. 그렇게 함으로써 닐스의 과거와 현재, 삶과 죽음은 이어질 수 있었다.

모든 삶과 모든 문장은 언젠가는 마침표로 맺음하기 마련이다. 우리는 책장을 넘기기도 전에 이미 제목을 통해 닐스의 삶이 곧 끝맺으리라는 것을 알고 있다. 그러나 읽어갈수록 우리는 이 책이 비극적인 이야기와는 거리가 멀다는 것을 깨닫게 된다. 닐스는 그 누구보다도 삶에 충실했다. 닐스의 삶은 이 책 속에서 기억의 형태로 여기저기 흩어져 있다. 그가 일평생 사랑했던 아내 마르타, 그의 아픈 손가락이었던 동생, 그리고 각자의 삶을 좇아간 두 딸. 그는 이들을 통해 배신감과 고통, 연민과 후회의 감정을 맛보았지만 그럼에도 삶을 돌아보는 그의 시선 속에는 여전히 이들을 향한 사랑이 짙게 깔려 있다. 닐스는 산과 바다와 숲속에서 살아보지 않은 사람만이 자연이라는 단어를 사용한다고 했다. 자연은 그 속에서 살아보지 않은 사람들의 눈에는 아름답게만 보인다. 하지만 닐스에게는 거친 피오르와 깎아지른 산 그리고 험악한 숲 그 자체가 곧 삶이었다.

닐스는 우리가 세상에 태어나서 바람과 바다와 땅, 미움과 사랑이 무엇인지 알 수 있을 정도로 오래 살았다는데 감사하고 작별을 고하는 과정이 삶이라고 했다. 여기저기 흩뿌려진 그의 구체적인 기억 조각들을 하나하나 끼워 맞추면서 그의 삶은 어떠했는지, 또 그의 마지막 날은 어떠했는지 들여다본다. 그리고 생각해본다. 삶과 죽음, 이 세상과 저세상은 피오르의 이쪽 마을과 저쪽 마을처럼 눈에 보이지 않는 항로로 이어져 있을지도 모른다고. 그리고 우리의 이 삶은 끝없이 이어지는 시간 속에 생명이라는 매개체를 이용해 잠시 머무르고 거쳐 가는 작은 쉼터일지도 모른다고.

손화수

닐스 비크의 마지막 하루

초판 1쇄 발행 2025년 1월 15일
초판 2쇄 발행 2025년 2월 6일

지은이 프로데 그뤼텐
옮긴이 손화수
펴낸이 김선식

부사장 김은영
콘텐츠사업2본부장 박현미
책임편집 곽수빈 **책임마케터** 권오권
콘텐츠사업6팀장 임경섭 **콘텐츠사업6팀** 정지혜, 곽수빈, 조용우, 이한민, 이현진
마케팅1팀 박태준, 권오권, 오서영, 문서희
미디어홍보본부장 정명찬 **브랜드홍보팀** 오수미, 서가을, 김은지, 이소영, 박장미, 박주현
채널홍보팀 김민정, 정세림, 고나연, 변승주, 홍수경
영상홍보팀 이수인, 염아라, 석찬미, 김혜원, 이지연
편집관리팀 조세현, 김호주, 백설희 **저작권팀** 성민경, 이슬, 윤제희
재무관리팀 하미선, 임혜정, 이슬기, 김주영, 오지수
인사총무팀 강미숙, 이정환, 김혜진, 황종원
제작관리팀 이소현, 김소영, 김진경, 최완규, 이지우
물류관리팀 김형기, 김선진, 주정훈, 양문현, 채원석, 박재연, 이준희, 이민운
외부스태프(디자인) 퍼머넌트 잉크

펴낸곳 다산북스 **출판등록** 2005년 12월 23일 제313-2005-00277호
주소 경기도 파주시 회동길 490
전화 02-704-1724 **팩스** 02-703-2219
이메일 dasanbooks@dasanbooks.com
홈페이지 www.dasan.group **블로그** blog.naver.com/dasan_books
용지 스마일몬스터 **인쇄 및 제본** 상지사피앤비 **코팅 및 후가공** 제이오엘엔피

ISBN 979-11-306-6248-0 (03850)